UNE PASSION

« Espaces libres »

Christiane Singer

UNE PASSION

Entre ciel et chair

ROMAN

Albin Michel

Albin Michel
▪ *Spiritualités* ▪

*Collections dirigées
par Jean Mouttapa et Marc de Smedt*

© Éditions Albin Michel S.A., 1992
22, rue Huyghens, 75014 Paris

www.albin.michel.fr

ISBN 2-226-11613-3
ISSN 1147-3762

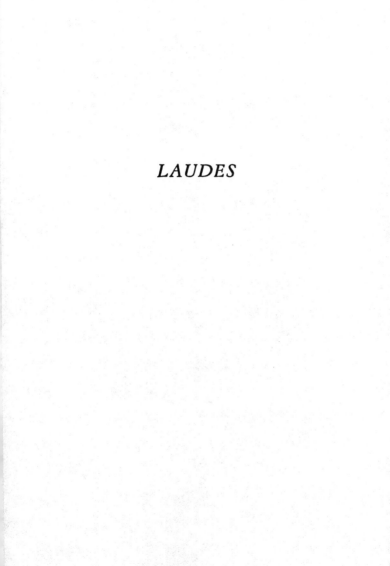

LAUDES

VOILÀ soixante fois déjà que j'ai vu l'automne. En ce jour de mon anniversaire, assise seule à la table de ma cellule, je prends la plume.

J'ai parcouru toute une vie, Pierre Abélard, le sang en feu à ton seul nom!

Quoi que je pense, quoi que j'écrive, c'est toujours à toi que je m'adresse. Toi qui servis d'appeau au Grand Maître de Chasse! Toi le piège où Dieu m'a prise vivante et pantelante! Tu le sais, elles sont rares les femmes − et j'ai connu tant de ces saintes aux yeux de braise dont notre siècle est riche! − pour qui le chemin de la conversion n'ait pas passé par l'homme. Nos ventres ne sont-ils pas ces creusets où s'opèrent les transmutations de l'amour?

Depuis que ma décision est prise de noter dans ce cahier mes considérations les plus secrètes, celles que je n'ai voulu confier à personne pour ne pas déconsidérer notre couvent et entraîner sur d'autres que moi-même l'opprobre d'une hétérodoxie, depuis que j'ai trouvé en moi cette force tranquille de

formuler l'indicible, une grande légèreté m'a envahie, une joie claire qui a toujours été pour moi le
signe que la direction prise est bonne.

Ce n'est pas une quelconque lâcheté qui me fait
choisir le secret — je t'ai toujours aimé à la face du
ciel et de la terre d'un amour sans borne — mais
les cheminements intérieurs que je veux décrire ici
ne sont concevables que pour ceux sur terre que
la passion aussi a consumés. Ils apparaîtraient aux
autres — dont les chemins vers Dieu suivent d'autres
méandres — fantasques, voire provocants. J'ai choisi
de chuchoter dans un siècle qui fait tant de bruit.

Et même si ces feuillets sont brûlés à ma mort
comme j'en ai le vœu, il m'apparaît qu'à oser les
écrire, qu'à soutenir pour moi du regard ces vérités
profondes, est déjà en soi d'importance. Il m'apparaît, oui, que je jette ainsi, au-dessus du vide,
une passerelle où d'autres pourront plus tard s'en-
gager — et cela sans que des paroles soient dites à
voix haute — par l'unique force de la conscience
qui se propage d'âme en âme, comme autour d'un
jet de caillou les ondes.

Je veux parler d'amour dans ces pages, toutes
ces pages.

Tout ce qui a été écrit sur terre, dit, murmuré,
hurlé, crié, parle d'amour. Même si, en apparence,
il n'est question que de désaccords, de stratégie,
de malentendus, de guerres, de politiques et de
pouvoir, le vrai sujet est l'amour. Même si ne

s'expriment le plus souvent que ses déviances, ses convulsions, ses impuissances, ses dérapages dans l'orgueil, l'ambition, la haine. Il n'est pas un geste, pas un pas qui ne se pose sur terre sous une autre impulsion que l'amour : l'amour dépité, oui, souvent, l'amour bafoué, l'amour entravé, mais l'amour. De même qu'il n'est pas une herbe qui ne se balance dans le vent, pas un cheveu qui ne tombe de nos têtes sans la volonté de notre Père.

Je veux parler d'amour dans toutes ces pages par honnêteté — car rien jamais — jamais — en toutes ces longues années n'a su m'en distraire — ni la solitude, ni le désespoir, ni les épreuves, ni les impitoyables duretés de notre siècle, ni la faim, ni la poussière des routes, ni le spectacle déchirant des errances humaines, ni la mortelle torpeur qui saisit parfois les âmes. Même les admonestations que j'ai reçues de toi — et savoir si tes paroles m'étaient sacrées! — n'ont pu me détourner de ma passion. Pas même l'*unio mystica!* C'est à peine si j'ose le dire, tant cela a peu de chance de paraître crédible! Trois fois j'ai vécu dans ma vie de moniale les incursions du divin — ces instants de suffocation où le ravissement et la terreur se confondent : quoi, dans cette goutte d'eau que je suis, l'Océan entier aurait place! Chaque fois, oui, chacune de ces trois fois monta tout aussitôt en moi un cri : Ah, Seigneur, pas sans Abélard, pas sans lui! et je me retrouvai à claquer des dents, les genoux sur les dalles glacées.

Cette ténacité, cette obstination butée, cette persévérance sans merci, Dieu les aurait-il greffées dans' mon cœur si elles ne faisaient partie de son dessein? J'ose même dire que toutes les forces qu'il m'a fallu mettre en œuvre pour porter notre destin puis celui du Paraclet n'ont eu que cette source.

J'ai le bonheur d'être vieille maintenant et de voir prospérer notre couvent; mon vœu le plus fervent est de ne pas m'attarder plus longtemps sur terre que tu ne l'as fait. Les soixante-trois années de ta vie me suffiraient amplement.

La vieillesse me donne ce merveilleux privilège que je veux encore goûter : celui de l'ultime sincérité. Au fur et à mesure que ma vue baisse, une clarté neuve est devant mes yeux. Une tranquille audace me fait nommer les forces qui m'ont guidée ma vie durant — sans n'avoir plus à redouter qu'elles ne m'égarent.

Quand tu m'écrivais — tes lettres sont sur ma table et chaque parole en est gravée sous mes paupières — quand tu m'écrivais pour me parler de l'abjection de l'amour et de son châtiment mérité, je *n'étais pas sûre* — malgré le terrible désarroi de ces années-là — que tu eusses raison. Je *sais* maintenant que tu avais tort.

Plus j'ose voir et plus il m'apparaît que ce tourbillon de l'Éros qui nous arrache à ce que nous croyons être pour nous précipiter dans un autre ordre est sacré. Ne demeurent RÉELS dans mon existence que ces instants où les trappes se sont ouvertes sous mes pieds – où les identités apprises se sont désagrégées pour laisser affleurer l'ÊTRE. Chutes, noyade et dérive ne sont-elles pas toujours initiations? Au-delà d'Héloïse, toutes les femmes, au-delà de cet instant, le flux sans début et sans fin qui me traverse. Que de fois suis-je morte sous les coups furieux du boutoir! Que de fois ai-je abdiqué mon nom et mon royaume! Le renoncement à toute volonté qui me coûte tant d'efforts dans la vie spirituelle m'était alors aisé. Mon abandon était total. J'ai compris dans tes bras ce que Dieu veut de nous. Tu traites d'abjection la Haute École où j'ai appris chaque jour à neuf, dans la sueur et le lait blanc de l'amour, l'absolue renonciation et la mort de l'ego!

Je suis dans un étrange état de calme profond : oser dire ces choses que j'écris là – oser croire à ce que je ressens si impérieusement – oser me dresser contre tes interdits, oser te dire : Abélard, j'ai appris moi dans tes bras ce qui me vaut aujourd'hui la grâce d'avoir charge d'âmes, d'en guider d'autres vers la Foi et la Délivrance! Comprends-moi bien. Je ne prétends pas avoir d'abord traversé l'opprobre et m'en être ensuite repentie : j'ose dire que TOUT dans ma vie s'est trouvé taillé dans la même étoffe. J'ose dire que tout ce qui m'a valu l'estime de nos maîtres spirituels, l'amitié de Pierre le Vénérable et de bien d'autres, l'énergie qui m'a portée toutes ces années, qui a fait vivre le Paraclet sur cette terre infestée de brigands et de loups, TOUT puise son eau à la même source : mon amour pour toi – mon amour de femme. L'abjection n'eût pu produire pareille récolte.

La pluie tire devant ma fenêtre un rideau bruissant. Pas un oiseau ne vole. La brume est aux branches – toile d'araignée géante. L'envie me prend parfois de me coucher sous l'averse miséricordieuse et de me laisser doucement fondre. La mort, depuis ta mort, m'est familière. Voilà si longtemps que je lui caresse l'échine et le mufle. La vie aussi m'est familière. Sachant que je ne me cramponnerai pas à elle au moment de partir, elle me traite en égale. Tout est juste et beau et terrifiant sur cette terre – et la naissance et la mort – le velouté et le râpeux – le miel et le fiel – la foi et la détresse. J'ai porté la couronne de l'amour et j'ai mordu la poussière. Il ne m'a pas été permis de faire un choix. J'ai dû tout prendre. Et tout était bien ici. Comment la clarté des étoiles nous serait-elle visible si la nuit ne leur prêtait pas, pour s'en détacher, son fond de ténèbres?

Entre la réalité et nous, Dieu a dressé des murs. (J'en soupçonne le pourquoi : nous faisons si peu de cas de ce qui s'offre à nous, seuls l'obstacle et la quête ardue nous éveillent.)

Un cataclysme — l'amour, la mort, le désespoir — y ouvre soudain une fissure et voilà que se révèle à nous le paysage dehors, l'univers qui nous entourait à notre insu. Ce que nous prenions jusqu'alors pour la réalité s'avère n'avoir été qu'une de ces cages de bois où les paysans ici prennent des loirs. Et les jugements que nous portions basculent dans l'ordre du dérisoire.

Le premier effet de la Révélation — l'œil collé à la fissure — est l'abdication de tout jugement. TOUT DÉPASSE NOTRE RAISON. TOUT.

L'abbé de Cluny ouvrant les portes de son monastère aux meurtriers de son frère et de son père poursuivis pour leurs crimes illustre pour moi le seul comportement humain. (J'appelle humain ce qui est transparent au divin.)

Le soleil refuse-t-il sa chaleur et sa lumière aux carnassiers féroces ou aux buissons d'épines? Distingue-t-il parmi tous ceux qu'il réchauffe les saints et les maraudeurs? Comment le brasier qui fait fusionner les métaux et fond au même creuset l'amant et l'amante serait-il abject?

L'amour-passion qui fait basculer les destinées œuvre comme la grâce. Je soupçonne que même l'amour impur peut ouvrir à l'arraché la perspective de l'absolu. Il en est de lui sans doute comme des feux purificateurs à l'orée des villages où sont brûlées les immondices.

Je ne classifie ni ne juge.

Toujours à neuf — tant d'années plus tard — cette fulgurance qui m'ouvre les entrailles quand tu t'approches! Je pourrais écrire bien sûr : quand j'imagine que tu approches ou quand je me souviens que tu approchais, mais vois-tu, mon corps, lui, ne fait pas la différence!

J'ai appris en toutes ces années à user le feu qui m'envahit alors — non pour m'y consumer en regrets — ni pour la décharge du plaisir — j'ai toujours eu en horreur son après solitaire et muet — mais pour l'action de grâces. Qui me croira? La béance de mes entrailles fait affluer en moi les forces vives. Cette disponibilité dont je suis soudain capable me permet de m'élancer à la rencontre des novices, de démêler ci et là leurs litiges, d'aider l'une ou l'autre à traverser une détresse. Dans ces moments-là, l'être que j'ai devant moi m'apparaît dans une clarté saisissante : je vois jusqu'aux scènes de sa vie passée qui jettent sur l'instant présent leur ombre.

Il m'arrive même — comme si le corps devenait transparent — d'apercevoir un organe atteint, la nature d'une maladie jusqu'alors indécelée.

Ces dons de clarté ne sont pas rares dans nos couvents — mais j'en ai pour moi-même décelé l'origine : cette vacuité brûlante de mes entrailles.

Je soupçonne que le désir transmue la matière

en lumière — et que ces corps souvent si décriés par nos docteurs en philosophie sont les antennes du divin. « Je te loue, ô mon Dieu, de cette œuvre sublime que je suis et que tu as créée! » Que de fois ai-je pleuré sur ce psaume!

Tout ce que je te dis là, je ne le fonde pas sur la science apprise de mon époque, mais sur ma seule expérience. Qui me croira? Qui croit une femme à l'instant où elle cesse d'être l'élève de ses maîtres, où elle puise à la source même de son savoir : aux entrailles? Tu sais combien d'hommages m'ont valus auprès de mes contemporains mes connaissances du latin, des auteurs profanes et des sciences sacrées — ma familiarité tant d'Ovide, de Sénèque que des Pères de l'Église — bref le fait d'avoir été ta digne élève. Mais ce que j'écris ici, je ne le dois à aucun maître, à aucune doctrine, je ne l'ai lu nulle part ni entendu d'aucune bouche. Je l'ai appris tant à chanter les matines, grelottante, ivre encore de sommeil qu'à mordre ta langue et tes lèvres. Je l'ai appris tant à courir seule dans les bois et prés voisins qu'à m'égarer aux méandres de ton corps.

Te souviens-tu de la lettre que je t'écrivais et dont chaque mot m'est resté en mémoire tant ces aveux m'avaient coûté? Je t'y disais que rien ne parvenait à effacer le souvenir de ce que j'avais vécu avec toi. « Loin de regretter les fautes que j'ai commises, j'ai le regret de toutes celles que je n'ai pu commettre. » « Mon misérable cœur, disais-je encore, est plus occupé de turpitude que de l'oraison. » Et je concluais honteuse : « On vante ma chasteté, on ne voit pas mon hypocrisie! »

C'étaient paroles d'autrefois. Où aurais-je pris alors le courage de défendre une certitude que j'étais seule à avoir? Déchirée entre l'intensité de ce que je ressentais et les interdits de mon époque, je ne pouvais que m'incliner.

Quand je prête l'oreille aujourd'hui à cette voix profonde en moi, l'écartèlement disparaît, l'intolérable tension cesse comme par enchantement.

Comment la créature entrerait-elle en rivalité avec le Créateur? Comment la part menacerait-elle le tout? la feuille, l'arbre? la goutte d'eau, la mer?

D'où est née l'aberration qui nous fait professer que toute pensée que nous ne consacrons pas à Dieu lui est volée, que toute énergie qui n'est pas dirigée vers lui nous rend coupable? Dieu serait-il une meule que les mulets que nous sommes font tourner?

Ah, cette folie lorsque nous tentons d'appréhender la création en catégories d'exclusion! Comment volerais-je à Dieu, moi femme, ce que je donne à l'homme? Comment Dieu disputerait-il à sa créature le don de ma ferveur?

Dieu n'est nulle part ailleurs que partout.

De même que toutes les eaux de la terre confluent vers l'océan, tout amour débouque en Dieu. L'amour de la femme pour l'homme et de l'homme pour la femme. L'amour de l'abbesse pour ses converses et de la mère pour son enfant. L'amour du menuisier pour le bois et de la louve pour ses petits. Tout conflue en lui.

Comment avons-nous cru devoir construire tout ce système de canaux et d'écluses pour diriger vers Dieu ce qui ne *peut* se répandre ailleurs? Comment en sommes-nous venus à user de la contrainte et de la force, et des lois et des prescriptions là où il n'est en somme que de laisser couler? Le lit se creuse tout naturellement entre berges et roches et les méandres courent comme les veines sous la peau.

Il y a longtemps que je n'ai pas senti mon cœur avec cette intensité. Un cristal que le frôlement le plus ténu fait chanter. Le moindre mouvement, la moindre irruption du dehors m'arracheraient un cri ou me briseraient en mille éclats. J'ai le sentiment de changer lentement de nature chimique. Tout tinte en moi. Des espaces de résonance s'ouvrent, d'autres s'éboulent silencieusement sans que j'ose un geste. La matière qui me compose se transmue. Tout devient d'une indicible transparence.

Nos vies sont devant mes yeux, Abélard, et ces instants de bonheur suffocants, ces intolérables souffrances, ces errances et ces trahisons, tout s'ordonne de neuf.

PRÉMICES

J'AI deux mémoires, celle qui me retrace les événements, leur enchaînement dans le temps — et puis celle qui me restitue des états de conscience, l'odeur, la saveur, les différents états d'âme et de corps. Univers dans lequel je m'oriente les yeux fermés, humant, flairant, tâtant : ma vraie patrie, ma vraie vie.

La première mémoire autrefois si aiguë commence de se brouiller un peu mais la vigueur de la seconde est intacte. J'ai même l'impression qu'elle fait de la première sa pâture et s'accroît au fur et à mesure que l'autre s'exténue.

Je suis souvent éveillée la nuit, immobile sur ma couche — heureuse de ces insomnies qui m'étaient autrefois tortures, reconnaissante pour ces longues heures de clarté qu'elles me donnent. Mes yeux de nuit s'écarquillent alors, mes oreilles de nuit se dressent comme celles de nos chiennes dehors, mes narines de nuit s'écartent roides, mes mains de nuit s'ouvrent grandes — ma faculté de percevoir devient un vaste réceptacle.

J'ai passé toutes ces nuits dernières à réfléchir l'amour — je dis « réfléchir » comme on le dit d'un reflet dans l'eau. Je n'ai fait en somme qu'offrir à une interrogation passionnée le miroir de mon attention. J'ai attendu que s'y dessine un contour. Mais le mystère n'en a pas été entamé. Tout me reste aussi incompréhensible qu'au premier jour. Je sens bien autour de moi cette vibration ténue qui me révèle que la réponse m'est proche, toute proche. Mais à peine ai-je lancé les filets de mes mots pour la ramener au rivage que tout s'esquive à nouveau. Je vais tenter d'écrire comme on se tait — c'est-à-dire continuer de vaquer à mes rêves, à mes pensées, ménager partout ces espaces de silence et de vide où pourra subrepticement se manifester cette autre qualité.

L'illusion du temps se dissout, toute chronologie s'abolit. Le grand cortège s'ébranle — les instants se mettent à défiler, dans l'éclat de leurs couleurs, neufs, juste éclos.

Voilà que je m'aperçois! Quel âge? Quatorze, quinze ans peut-être. Je suis assise devant mon écritoire. J'ai relevé mes jupes jusqu'à mi-cuisses et je passe et repasse un doigt sur mon genou. Je m'émerveille de la douceur de ma peau. Soudain, des pas dans l'escalier. Je laisse retomber vivement le flot d'étoffe sur mes chevilles. Un sourire — mon secret — me reste quand la porte s'ouvre sur la massive silhouette de mon oncle Fulbert. La scène s'efface.

Saveur de cette complicité avec moi-même.

Je soupçonne le corps que j'habite d'être seulement une qualité d'âme rendue tangible par quelque précipité chimique. Il m'a toujours inspiré une tendresse profonde. Je n'ai jamais pu partager le mépris de maître à bétail qu'ont pour lui tant de mes contemporains. Même durant ces longues années où je l'ai si cruellement jugulé et mortifié, je percevais au fond de mes entrailles le chant de ma féminité. Cette mélopée que rien n'a jamais fait taire. Ce vibrato profond qui répond en sourdine à l'appel du Créé — semblable au ton qui, joué sur un seul luth, fait vibrer sur tous les instruments au repos à l'entour les cordes qui lui correspondent. Le corps m'a toujours paru une prodigieuse énigme et les sens autant de miraculeuses antennes. Souvent les hommes méprisent ce qui se laisse toucher, sentir, flairer comme s'il s'agissait dès lors d'une réalité mineure et n'estiment vraiment que ce qui se refuse à leurs sens. J'ai bien du mal à en comprendre le pourquoi. J'y ressens une fatuité de la raison qui les détourne ainsi de la vénération. Le visible n'est que de l'invisible hissé au niveau de nos yeux, le tangible de l'intangible offert à nos caresses. La matière est ce message d'amour que la création nous donne tant à déchiffrer qu'à composer jour après jour. Aujour-

d'hui encore m'émeut cette main qui fait courir la
plume sur l'écritoire. Je la contemple. J'aime sa
peau un peu fripée — une vieille étoffe douce et
fine — la saillie bleue des veines. Ces mains, oui,
en savent plus long sur ma vie que moi-même.
Elles ont caressé Abélard — elles ont griffé des nuits
durant les murs de ma cellule — elles se sont jointes
pour la prière. Elles ont fermé les yeux des morts.
Ces mains, oui, ces mains, je les regarde différem-
ment depuis que j'ai compris : Dieu n'a que nos
mains pour faire sur terre tout ce qu'il y a à faire.

Et voilà cette image à nouveau devant mes yeux.
Quatorze, quinze ans? Je suis assise devant mon
écritoire. J'ai repoussé la chaise vers le mur — j'ai
relevé mes jupes jusqu'à mi-cuisses et je passe et
repasse un doigt sur mon genou. Je m'émerveille
de la douceur de ma peau.

Je sais maintenant pourquoi cette image m'apparaît quand je m'interroge sur l'amour. C'est cette
qualité de tendresse envers moi-même qui prépare
ta venue.

Contrairement à mon attente, Héloïse existe avant
Abélard, une Héloïse de lait et de sang, de braise
et de miel, une Héloïse d'émoi. Comment ai-je pu
penser que tu n'as embrassé tout d'abord qu'une
absence, que je ne suis née que de toi? C'était mal
juger de la générosité divine.

Elle est là, Héloïse, je la vois impatiente sous
ses robes et pourtant chaste comme une aube. Je

sais maintenant pourquoi j'ai mis si longtemps à trouver sa trace dans ma mémoire : je la cherchais dans la perspective unique où l'amour a placé mon existence et c'est à un tout autre niveau de conscience que j'existais alors. J'étais ouverte à tous les vents. Tout m'interpellait, tout me distrayait. Je saisissais au vol toutes les impressions qui se présentaient. J'étais de toutes les escapades et de toutes les découvertes. C'est cette agilité à me saisir des choses que mon oncle Fulbert prit d'abord pour de l'intelligence. Les vocables latins qu'il m'enseignait par jeu se gravaient dans ma mémoire comme autant de figures indélébiles. Je sais encore de certains vers d'Ovide ou de Lucain à quelle heure du jour je les ai entendus pour la première fois, dans quelle lumière, et quelle odeur, quel bruit, quelle sensation les accompagnaient. Mon intelligence, si tant est que j'en possède une, ma mémoire du moins, est solidement rivée à tous les sens. Je me suis toujours étonnée de m'entendre louer pour mon érudition par ceux mêmes qui en eussent blâmé l'origine s'ils l'avaient connue : ma sensualité. Je n'ai jamais rien appris sans que mes sens s'en soient mêlés. J'ai plus tard rêvé d'une école où chaque thème, chaque auteur aurait son registre propre au clavier des sensations, une lumière d'automne sous de grands arbres effeuillés pour les *Dialogi* de Grégoire le Grand — une odeur de résine pour les *Lettres à Lucilius* de Sénèque. Pour moi, c'est la vie elle-même qui a mis en scène cet apprentissage heureux, chatoyant et divers. Une grâce sans doute. Car si, aujourd'hui, tant de jeunes gens, me dit-on, jugent rébarbative l'étude de la grammaire et de la dialectique, si la plus déplorable apathie pour les études se répand, c'est, je le soupçonne, que le corps ne trouve plus à y participer. Études et vie ont été séparées par je ne sais quelle maladresse — je n'ose penser qu'il puisse s'agir d'une sournoise manigance pour arracher l'être à sa plénitude.

Autant mon oncle admirait la facilité que j'avais à apprendre tout ce qu'il m'enseignait ou me donnait à lire, autant il s'indignait de me surprendre trop souvent aux cuisines ou au lavoir — en un mot près de ma Louisette. Il faut dire que depuis l'enfance Louisette m'était tout à la fois : nounou, marmite, édredon et bénitier. Autrefois chez nous, lorsque mon père ou ma mère me cherchait, je plongeais dans l'épaisseur mouvante de ses jupes. Les vagues soulevées se refermaient sur mon corps roulé en boule. Je goûtais l'accalmie brûlante de ma cachette, l'odeur rauque. Une fois le danger passé, elle me repoussait du pied en grondant : « Tu vas me faire battre, ma colombe! La prochaine fois, je dirai où tu te caches et c'est toi qui seras battue! » Mais elle ne mettait jamais sa menace à exécution. Durant les quatre années où je suis pensionnaire au couvent d'Argenteuil, ce n'est pas de notre maison familiale que j'ai la nostalgie mais du bulbe cotonneux de ses jupes. Aussi ma seule prière lorsque mon oncle me fait venir dans sa maison du cloître Notre-Dame est d'avoir Louisette auprès de moi. J'ai appris de cette vieille femme qui sentait l'aneth l'amour des choses et l'amour des corps. Elle avait une façon de pétrir la pâte ou de tenir l'aiguille, de manier le battoir ou de tourner les sauces qui n'était qu'à elle. Sa présence à ses propres gestes était totale. Jamais je ne l'ai entendue heurter des tasses en les lavant. Mes cheveux se nattaient seuls entre ses doigts. J'en oubliais le supplice matinal au monastère d'Argenteuil! Louisette m'aimait comme tous les enfants auraient besoin d'être aimés : d'un amour exagéré, fou — un de ces amours qui mettent au monde pour de bon — la naissance biologique ne constituant qu'une première invite provisoire et timide qui n'engage personne. Peu importe d'ailleurs que cet amour-là nous vienne ou non de nos parents : un regard, un seul regard, quel qu'il soit, doit avoir fêté notre venue sur terre — nous en avoir reflété le miracle. Si ce regard a manqué, la voie est libre pour la cohorte des démons.

La main de Louisette essuyant promptement à son tablier la pomme qu'elle m'offre. La main de Louisette sur mon front aux nuits fiévreuses. La main qu'elle me tend pour gravir, nue, l'escabeau et entrer dans le baquet fumant! De quelle vie cette scène surgie soudain est empreinte! La buée me chatouille la gorge. J'entre dans l'eau en poussant des cris d'effroi et de ravissement! Cette eau qui s'immisce partout, m'enveloppe tout entière d'une seule et brûlante caresse! Aaaaah... je crie! Louisette armée d'un gant de crin me frotte la nuque, les reins, les jambes. Mes cheveux d'abord noués haut ne tardent pas à crouler sous leur propre poids et à ruisseler dans mon dos. Je goûte cette première version de l'extase amoureuse qu'est l'absolue présence au corps. A l'instant où je sors de l'eau et où elle va pour m'envelopper dans une grande toile écrue, voilà qu'elle murmure pour elle-même, à voix basse :

« Béni qui la cueillera! »

Je sursaute : « Ah, Louisette, non! » et lui mets la main sur la bouche. « Ne parle pas de ces choses! »

Ces mots me mettent dans un émoi indescriptible — des années plus tard et chaque fois que j'y repense. Ce motif d'amante — la tige cueillie, coupée — ne m'a plus quittée. Je suis blé — cet épi qui sans pourquoi ni partage s'élance vers le ciel, acquiesce au vent, au soleil, à la pluie, s'abandonne éperdu au jeu des éléments — cet épi qui mûrit, frémit, consent à sa moisson. Ferveur du blé sous le fléau de battage — sous les crissements de la meule. Ferveur du blé broyé — acceptation totale.

Ce grain de blé entre tes dents, Abélard — voilà ce que j'ai voulu être. Rien de plus. Rien de moins.

Béni, as-tu dit Louisette, béni! Pesais-tu tes mots? A considérer toutes les calamités où cet amour nous a jetés, j'ai souvent pensé : Maudit, eût mieux convenu! Mais la vieillesse rend aux choses leur perspective véritable. C'est bien dans la lumière de la bénédiction que, sur fond de nuit, notre histoire se détache.

Héloïse sans Abélard! Je n'ai pas su longtemps tenir le cap! L'attraction est trop forte. Je reprends pourtant en main, pour quelques pages encore, le gouvernail. C'est la curiosité qui m'y pousse. Ma surprise a été grande de trouver une Héloïse bien vivante là où je croyais devoir errer dans les limbes de l'incréé. Je veux aller plus loin, tenter même de m'apercevoir avec tes yeux.

Parfois au beau milieu d'une leçon, mes jambes s'impatientent sous mes jupes; je me mets à gratter le plancher comme une renarde encagée. Je claque sec mon écritoire et dévale l'escalier. Je laisse derrière moi les plumes d'oie et les cornettes d'encre. La rampe file à toute allure sous ma main qu'elle brûle; il arrive souvent que mon oncle, avisé de mon escapade par quelque intuition, se dresse soudain devant moi et me barre le passage.

Je n'ai pas peur — jamais il ne me frappe. Si sa fureur contre moi est extrême, il lève le bras et reste comme pétrifié, un bon moment, dans cette

posture. Je cache mon visage dans mon coude tout
en lorgnant du coin de l'œil chacun de ses mou-
vements. Le rituel m'est familier. J'attends qu'il
ait grommelé quelques menaces avant de retourner
docilement à mon écritoire. Cet homme puissant
qui, placé dans une embrasure de porte, l'emplit
tout entière de sa vaste stature m'attendrit — Louisette dit qu'« il lécherait la soupe dans mes mains »!
Elle veut dire, je crois, qu'il ne me veut pas de
mal — pour me témoigner cette sorte d'attachement
qu'il a pour moi, il ne connaît que les bougon-
nements et les réprimandes. Il n'a pas d'autre
langage pour les sentiments.

Me revoilà devant mon écritoire. Je ne suis même
pas fâchée; je connais tant d'autres moyens de
prendre la poudre d'escampette tout en restant
assise à ma table! Après tout, le corps visible n'est
pas le seul dont je dispose pour me déplacer dans
l'espace! Il est le seul que mon oncle Fulbert puisse
arrêter dans l'escalier. Voilà tout. C'est bien simple :
tout a pour moi une coloration de jeu. Même
l'apprentissage du latin. Le latin m'est un anneau
magique qui, glissé à mon doigt, fait parler les
saints rouleaux manuscrits que je déroule avec des
précautions d'amante. Tenir un livre entre les mains!
Ce privilège exorbitant que connaissent quelques-
uns dans l'heureuse cité de Paris! Un privilège que
je goûte avec un ravissement qui ne se décrit pas.
Chaque parchemin est unique. La qualité du pon-

çage et du polissage fait varier son odeur, sa teinte, son toucher, son émanation. Il en est de soyeux comme des peaux de femme, d'autres, palimpsestes usés que le grattage a rendus rugueux, mâles sous mes doigts. Les lettres, les mots qui les recouvrent semblent y être éclos, avoir poussé là, végétation drue, secrète. Oh oui, j'ai vraiment là matière à bonheur!

La vie est bonne qui se déroule ici dans l'émoi toujours neuf des jours et des saisons. Dans ce coin de l'île de la Cité où sont groupés autour des chapelles, du cloître et des maisons d'école une quarantaine de demeures canoniales, les enclos et les jardins forment un damier vert et fleuri, plein d'odeurs et d'oiseaux. Tout ce territoire du cloître bénéficie de l'immunité — les officiers royaux n'y ont pas accès. Celui qui s'y réfugie, même le pire des criminels, ne peut être livré. Un souvenir aigu : nous sortons après les vêpres, Louisette et moi, de la chapelle Saint-Denis-du-Pas où aboutit le gué qui permet de traverser la Seine à cheval. Arrivent à fond de train sur leurs haridelles dans un fracas d'écume deux brigands à la mine redoutable. Nous avons à peine le temps de bondir sur le perron pour n'être pas heurtées. Et quelle n'est pas notre surprise à les voir s'élancer de leurs montures et se jeter à plat ventre sur la berge en sanglotant comme des enfants! Message pour moi indélébile. Se savoir ici accueillis comme dans un ventre de femme —

sans question ni condition — leur inspire non pas le cynique contentement qu'on serait en mesure d'attendre mais ouvre en eux la suffocation du pardon. Là où le châtiment n'ajouterait qu'horreur neuve à l'horreur du crime, l'accueil muet laisse libre jeu à la miséricorde.

Que de messages partout où se porte mon attention!

Une jeune fille venue pour parfaire son instruction n'est pas chose commune dans cette enceinte. Il existe bien sûr des femmes lettrées dans les couvents ou les cours seigneuriales. Mais ici aux écoles Notre-Dame parmi les jeunes clercs! Les regards me le disent, parfois même les égards, le pas qu'on me cède à l'entrée de Saint-Étienne ou de Saint-Jean-le-Rond, aux matines, aux complies ou aux vêpres. Pour les grandes liturgies, nous nous rendons parfois à la cathédrale mais jamais sans mon oncle; la foule des étudiants et des maîtres qui s'y mêle alors aux fidèles y est si dense qu'il redoute pour moi d'inévitables promiscuités. J'ai à l'oreille encore un vers ou deux qu'on me murmure au passage sans que j'aie vu bouger des lèvres — je prétends ne les avoir pas compris quand Louisette me presse de les lui traduire :

«*Tela cupidinis aurea gesto
Ignem commertia corde molesto...* »
ou

« *Allicit verbis dulcibus et osculis...* »

ou encore... Voilà que je ris en écrivant. Est-il possible que je m'en souvienne! — que rien ne se perde de ce que nous avons vécu! Que des chambres depuis longtemps murées dans nos mémoires nous livrent soudain à l'impromptu un inventaire intact!

Parfois même j'ai le bonheur d'accompagner Louisette au marché — ce que mon oncle ne voit pas d'un bon œil. J'aime le tumulte aux étals, le charivari des volailles, l'envolée des plumes et de caquets au passage des chariots. J'aime cette danse-esquive qu'il faut exécuter pour éviter les bleus, le heurt des paniers et des bourriches — ces acrobaties entre les tas d'immondices et sur les passerelles instables, les planches de fortune en équilibre au-dessus des bourbiers!

La rue crissante de regards, de frôlements, de silhouettes inoubliables. Ces vieillardes édentées qui plongent les mains dans leurs jupes raides de crasse pour en faire surgir rognures de racines de mandragore, poudres, onguents, charmes, amulettes... les diseuses de bonne aventure aux fichus écarlates garnis de sequins, les marchands d'aromates sous leurs chapeaux piqués de serpolet, de basilic et d'armoise — et tous les vendeurs aux éventaires d'osier sanglés derrière le cou — dont les appels, les cris, les mélopées scandent le tumulte — ah, je ne m'en fatigue pas! Je resterais là immobile, bouche bée, si Louisette ne me tirait pas par un pan de fichu! La rue ne me quitte pas pour autant;

elle continue de claquer à mes oreilles comme une
bannière. Même derrière les persiennes closes quand
je vais m'endormir, j'en perçois la pulsation nocturne. Ce sont parfois les éclats d'une rixe lointaine,
parfois un ou deux vers d'un chant à boire qu'une
joyeuse troupe d'étudiants éméchés perd au passage
sur mon oreiller :

> *« Tam pro papa quam pro rege*
> *bibimus omnes sine lege !... »*

Je retrouve peu à peu la trace de la relation que
j'entretenais avec moi-même : cette complicité
tendre, malicieuse et rieuse. J'ai vu si souvent dans
nos couvents condamner et juger narcissiques ces
qualités-là. Quelle incompréhension ! Rien n'ouvre
mieux à l'amour de l'homme et de Dieu que cette
légèreté de l'être, cette grâce joyeuse. Je constate
aujourd'hui dans ce siècle qui commence de peser
si lourd que les choses importantes, elles, n'ont pas
de poids. De même, ne voilà-t-il pas que cette
sensation que j'avais alors de mon corps m'est
restituée pendant que j'écris — une sensation que
j'avais oubliée depuis quarante-cinq ans. Si je me
plais à la décrire, c'est, je le sens, qu'elle aussi
contribue à élucider quelques-uns des chiffres du
cryptogramme : il m'apparaît important de retrouver l'exacte configuration d'un lieu que dans un
moment la passion va chambarder — comme si, ce

faisant, je gagnais une petite chance supplémentaire de saisir la nature de l'amour.

Cette sensation dont je parle est alors limpide : je suis nue sous mes robes. Ma peau sensible et vibrante est l'enveloppe de mon être. Je respire par elle. Je suis présente dans chaque affleurement d'étoffe. Je n'ai pas encore intégré à la conscience que j'ai de moi la cosse artificielle des vêtements. Je me souviens de cette pèlerine de laine à capuche pointue sous laquelle en hiver je me sens comme à l'abri d'un clocher. J'ai le sentiment de protéger sous cet édifice quelque chose de précieux et de vulnérable dont j'ai provisoirement la charge : mon jeune corps. L'extraordinaire finesse de cette sensation qui se révèle à moi est indicible. Après avoir vécu toute une existence sous la toile et les bures, mon corps lui-même est devenu de toile et de bure. Cette douceur qui m'est rendue là – comme si me parvenaient de très loin les arpèges d'un chant béni – a qualité de prière. Voilà. Maintenant, Abélard, je ne peux plus reculer l'instant de ta venue.

Je m'apprêtais juste à monter l'escalier et à rejoindre ma chambre. J'ai en main la boule de noyer sculptée de la rampe : sa surface est satinée, je m'attarde souvent à la caresser. Je tends l'oreille : mon oncle a quelque visite. J'entends soudain la voix de son hôte – une voix de vieillard flûtée – prononcer un nom au milieu d'une phrase : Pierre Abélard. Ce n'est pas la première fois que j'entends

ce nom; tout le monde, cette année-là, a ce nom
à la bouche à Paris. Mais cette fois, je reçois
clairement le message que ta présence sur terre me
concerne. La nouvelle m'a atteinte. Je m'entends
respirer. Il y a dans l'escalier cette extraordinaire
odeur de cire au miel dont parfois Louisette enduit
les lambris.

Quelques semaines plus tard, je te vois pour la
première fois.

Il n'a pas plu depuis deux mois. L'été étouffe
dans sa poussière — les rues sont craquelées de
sécheresse et crachent comme des dents leurs pavés
déchaussés. Les chiens errants et les porcs ont le
nez brûlant à ras du sol. L'air est crissant. La terre
crie sa soif — je me hâte avec Louisette de quitter
ce brasier et de retrouver la fraîcheur de notre
maison.

Soudain, une troupe joyeuse débouche dans notre
rue et s'avance — au milieu d'elle, leur maître. Toi.
Radieux. Ces quelques pas qui nous séparent voilà
qu'ils se multiplient à l'infini — la petite troupe
piétine sur place comme si ce segment de pavé se
répétait indéfiniment sous leurs pas — mon saisissement a bloqué le temps. Cette scène qui ne dure
que quelques secondes se dilate et prend sa dimension d'éternité.

Tu t'es arrêté de parler, tu as suspendu tes gestes — tu me regardes.

J'ai reconnu celui que je ne connaissais pas.

Par mes yeux grands ouverts, tu fêtes en moi une entrée triomphale.

LES BRASIERS DE L'AMOUR

De ce jour ma vie fut une autre vie. L'amour a ceci de commun avec la grâce que tout — et jusqu'à la manière de pousser une porte ou de nouer un lacet — est modifié. Rien de ce qui était avant ne demeure. Il n'est pas un fragment dont on puisse dire : celui-ci est le même, je le reconnais! De la réalité d'hier ne reste pas de quoi remplir un dé à coudre.

Souvent, lorsque la mort est imminente, l'existence entière se déroule en un seul instant devant les yeux.

Aussi étrange que cela puisse paraître, je vécus quelque chose d'analogue dans ce premier regard échangé avec Abélard. Avec une différence néanmoins : les séquences de cette vision ne concernaient pas le passé, elles anticipaient l'avenir comme je devais plus tard le reconnaître.

Je vois soudain des flammes légères et bleutées lécher tout à l'entour — puis un feu resplendissant jaillir qui déploie au vent ses bannières rouges — et nous deux y dansons sans nous brûler. Puis l'image vacille avant de s'éteindre tout à fait. Et je discerne encore dans le halo d'ombre une troupe d'hommes qui emportent en courant un corps pantelant. Tout cela ne dure pas une seconde.

Et pendant que cette vision m'est donnée, je ressens pour la première fois de ma vie l'éboulement des entrailles et le tiraillement douloureux et suave qui depuis manifeste en moi ta présence et me signale ton approche.

C'est la même seconde qui me permet de m'imprégner entière de ton apparence, de graver tes traits à l'intérieur de mes paupières de telle façon que je n'aurai plus désormais qu'à fermer les yeux pour te voir : la superbe ossature aux angles clairs, le front généreux, le frémissement des narines, l'éclair des dents entre les lèvres...

A tout cela vient s'ajouter encore le sentiment — pour la première fois aussi de ma vie — que Louisette est de trop dans cette scène...

Je suis en cet instant le creuset de tant de phénomènes bouleversants qui se fondent, se mêlent, s'amalgament les uns aux autres et restent pourtant assez distincts pour que je puisse aussi longtemps après en démêler les fils!

Le message de ton regard est clair. De ce moment, mon destin est tracé.

Ce joyeux troupeau de chèvres dévalant les collines de Galaad dont j'aime tant l'élan dans le Cantique des Cantiques — cette multitude que j'ai été se volatilise brusquement : partie multiple, j'arrive UNE devant tes yeux. Une amante est née avant même que tes doigts ne l'effleurent.

A peine la porte s'est-elle refermée qu'éclate le plus fabuleux orage dont j'ai gardé mémoire. Nous croyons tous un moment que l'île va être arrachée à ses amarres et partir comme un voilier démâté avec la montée furieuse des eaux. Les sifflements d'abord que font les giclées d'eau sur un métal chauffé à blanc, puis le déferlement des trombes; ce fracas dehors m'est bienvenu pour détourner de moi l'attention de Louisette.

La foudre m'a frappée — une foudre qui a évidé mon corps comme elle le fait parfois du tronc des grands arbres dans la forêt — je reste étourdie par la déflagration, hébétée, cratère béant.

En un instant la conscience s'est vidée de son contenu, de toute sa diversité foisonnante. Une seule image l'emplit. Voilà que commence dans une sensation trompeuse de surabondance le grand, le sublime dénuement de la passion d'amour. Une obsession dont la délivrance n'a désormais qu'une voie : sa traversée.

Je veux décrire tout cela comme si j'avais été la première au monde à connaître les effets de la

passion. Je n'ai jamais sérieusement douté d'avoir
été la première sur terre à ressentir ce que je
ressentais. Aucune grande amoureuse n'en a jamais
douté — avec raison — car cet instant où l'amour
se déclare est bien l'instant où le monde recom-
mence : tout est effacé; tout devient possible.
Chaque passion donne au monde une chance supplémentaire de briser les murailles d'indifférence
derrière lesquelles l'humanité a pris ses quartiers
d'hiver — une chance supplémentaire d'entrer enfin
dans la ferveur.

Je demeurai longtemps dans cet étourdissement
où m'avait jetée notre rencontre. Il ne s'écoula pas
trois semaines, je crois, jusqu'au jour où Fulbert
me fit appeler dans son étude. Il m'annonça que,
parvenue au stade de connaissance où j'étais, mes
progrès allaient nécessiter désormais un maître. Il
craignait, disait-il, qu'après de si remarquables
débuts je ne m'engage plus avant sur la pente de
futilité naturelle à mon âge et à mon sexe. Mes
séjours fréquents à la buanderie et dans les cuisines,
mes escapades au marché l'alarmaient depuis longtemps. Ainsi, pensais-je avec soulagement, il n'avait
pas remarqué depuis ces dernières semaines que
j'étais restée rivée à mon écritoire et que la seule
nourriture que je supportais, quand j'émergeais
brièvement de ma torpeur, était la lecture de certains passages d'Ovide. J'entendis le reste de ses
paroles dans une sorte d'état second; j'en connais-

sais le message avant même qu'il les eût dites. Plusieurs fois dans ma vie, j'ai assisté à ces glissées qui me donnent à voir et à entendre des bribes de scènes avant qu'elles n'aient pris place dans la réalité; tout se passe alors comme si mon esprit plus alerte que la matière prenait la réalité de vitesse.

Sans songer le moins du monde à cacher combien son orgueil en était flatté, Fulbert m'annonça, le pourpre aux joues, qu'il allait être en mesure de me donner le maître le plus prestigieux de Paris. Les émotions que nous ressentons nous-mêmes nous rendent aveugles à celles des autres. Ce fut ma chance car tout s'était mis à tourner autour de moi et je dus à plusieurs reprises prendre appui sur le lutrin. Il avait appris par l'entremise d'un ami que maître Abélard cherchait à prendre pension à proximité de l'école Notre-Dame : les soins d'un ménage nuisaient à ses travaux et se trouvaient être à la longue trop onéreux. De plus, l'idée de consacrer les instants de loisir que lui laisseraient ses recherches et ses cours à l'éducation d'une élève dont il avait entendu en plus d'un lieu vanter les dons ne lui répugnait pas. Fulbert me fit entendre que c'en était fini de mes escapades : mon maître me ferait travailler quand il le pourrait – de nuit comme de jour – et n'hésiterait pas, sur l'instante prière de mon oncle, à me châtier quand il me trouverait en faute. A cet instant précis, Fulbert leva les yeux

sur moi et vit ma pâleur. Il la mit, je pense, sur
le compte de cette perspective d'austérité studieuse
qu'il m'avait ouverte car il ajouta en me guidant
vers la porte et comme pour adoucir l'angoisse
dont il me croyait la proie :

« A grande écolière, grand maître, Héloïse! »

De cet instant et pour longtemps, il fut aveugle
à tout ce qui se passait dans sa maison. Sa confiance
en Abélard était totale.

Mon intention n'a jamais été de tracer la chro-
nique de notre histoire mais bien plutôt d'en esquis-
ser pour moi le paysage. Pourtant je m'aperçois de
plus en plus que les événements me sont néces-
saires : ils sont ces réceptacles que les émotions
remplissent à ras bord. Sans eux, tout se répandrait
à l'entour et serait perdu. Les événements par leur
démarcation précise m'aident à endiguer ce débor-
dement, à le contenir et à y puiser. Laissé à son
état de nature, ce torrent puissant entraînerait tout
sur son passage. Personne n'en pourrait approcher.

Par moments, cet énorme effort que je fournis
en écrivant m'épuise. Je m'allonge alors sur ma
couche, l'oreille tendue vers un bruit lointain de
cataracte. Mais toujours une force neuve finit par
me rasseoir à ma table. Il serait trop simple, trop
lâche peut-être aussi d'omettre tout ce qui ne peut
se dire. Il ne suffit pas de taire l'indicible : il faut

tenter patiemment de le sertir de mots jusqu'à ce que son contour se détache. Par ma plume et ma main, quelque chose veut s'exprimer. Cette tâche que je m'étais fixée, voilà qu'elle a pris les rênes. Je me croyais le cavalier, je me découvre la monture.

Elle est superbe et rouge, l'arrivée d'Abélard dans notre maison!

Deux voituriers, sans doute égarés dans les vignes du Seigneur, se sont heurtés. Tout un chargement de fruits mûrs s'est déversé dans notre rue. Ils sont venus rouler jusque devant la porte. Beaucoup, charnus et gorgés de graines, se sont écrasés en tombant et lâchent sur le pavé leur sang granuleux et onctueux. L'animation soudaine, les éclats de voix, les quolibets, les voisins accourus, les rires, les injures... Et de nouveau ce cadeau du destin : personne ne songe à se préoccuper de mon émoi. Ton valet décharge sacs et mallettes. Fulbert te fait les honneurs de la maison. J'ai d'abord couru à la fenêtre. Maintenant, je t'attends, immobile, les yeux baissés sur une page ouverte, la respiration haute. Le plancher craque de tous côtés. L'espace est rempli de frôlements, de bondissements sourds. Combien sont-ils, invisibles, à prendre ici avec toi leurs quartiers?

Je lis et relis encore les mêmes mots pour parvenir à en saisir un seul. Mais voilà que toutes les

lignes se mettent à flotter puis à onduler comme
des serpents et pfffft! à déserter les pages. Je tente
d'en saisir une par un bout; elle s'étire et me claque
au nez comme une lanière. La page est vide. Je
ne discerne plus rien. J'attends. Je prête l'oreille.
De tout le brouhaha qui règne dans la maison et
dehors, je perçois, seule, la modulation de ta voix :
quelques mots à ton valet... Quelques phrases à
Fulbert... Son timbre se détache du tumulte. J'attends.

Quand la porte de mon étude s'ouvre et que
Fulbert t'introduit, j'ai un instant de panique. Je
me suis installée dans l'éternité de l'attente – comme
lorsque je m'hypnotise par temps de pluie sur une
goutte d'eau suspendue à la pointe d'une branche :
elle pèse, pèse, rondit sa panse, le col qui la relie
à son support paraît s'allonger, s'allonger, elle va
se détacher, oui elle va tomber mais... l'instant
s'éternise, suspendue au-dessus du vide, à la limite
même du supportable. Ah... Et juste quand je vais
finir par me détourner, quand mon attention se
lasse, se casse, voilà que je sursaute : elle est tombée!
Pendant que je battais des cils, elle est tombée!
J'ai raté l'impossible instant que je brûlais de saisir.
    Ah, ils sont là dans la pièce, tous deux, ils sont
là et leurs regards m'ont prise. Ils me parlent ou
parlent-ils de moi? Je ne sais plus. Le lieu qu'ils

considèrent avec attention est vide. Il y a bien là
une jeune fille qui s'incline devant eux, profondément. Mais la frayeur l'a jetée hors d'elle-même;
sa conscience vole à l'entour, affolée, comme toute
une compagnie de passereaux que lève le passage
d'un chasseur.

Mon corps docile répète des gestes appris. Mais
sans moi.

Que se passe-t-il en cet instant précis?

Sans doute une fille que son père ou son tuteur
vend à un homme — comme il est souvent l'usage
— se laisse-t-elle aussi en apparence considérer,
jauger, peser et sans doute déserte-t-elle son corps
comme moi alors, à défaut de pouvoir s'enfuir.
Mais non, non, ce n'est pas ce qui a lieu. Je ne
suis pas vendue par Fulbert à un homme. Mon
corps — malgré même leurs regards d'homme —
n'est pas en cause. Je suis, dans l'ordre du vérifiable,
confiée à un maître. Et dans l'ordre de l'absolu
rendue à mon destin dont toutes les années passées
ne m'ont que passagèrement distraite. En cet instant, oui, tout ce qui a été jusqu'alors encore
insaisissable, fluide, mouvant, coagule brusquement
comme un sang.

Et je me trouve prise.

A peine la porte s'est-elle refermée sur Fulbert
que nous sommes dans les bras l'un de l'autre.

Sans un instant d'hésitation.

Une toile dont Abélard et Héloïse sont la trame et la chaîne était tissée à notre insu.

Comment expliquer sans cela le soupir qui monte de nous, nous saisit, nous jette au sol d'une seule coulée et, sans transition, nous abîme dans une mer d'étoffes soulevées, de gémissements rauques?

Je date de cette étreinte ma naissance. Le rideau se déchire et me livre soudain la perspective de l'absolu.

Jamais, Abélard, et je te le jure devant le ciel et la terre, je n'ai été plus près de Dieu que dans nos embrassements. L'éternité m'a été donnée à voir, l'éternité qui nous traverse depuis le début des temps et nous fondra dans la lumière. Ma vie entière n'a été depuis que l'ombre portée de ces instants. Et personne, aucun des Pères de l'Église, m'entends-tu, aucun Pontife — et tu connais ma foi — ne m'en dissuadera : la voie du divin a passé pour moi par les entrailles. Ton entrée intempestive en moi, le furieux déferlement de mille vagues, les chevaux fous lâchés dans un fracas d'écume... Non, Abélard je ne me tairai pas, tu m'as suppliée maintes fois de transcender ce passé — et je me suis fait violence pour te plaire. Aujourd'hui je retourne à la source de ma vie. Ton acharnement à cogner en moi, à ébranler portes et vantaux, le bélier féroce de tes assauts répétés! Nos cheveux s'en-gluent de salive et de sueur, tes dents me broient, ta langue ouvre mes plaies. Et je me retrouve de l'autre côté du rivage, démâtée, éparse au sol, toutes voiles déchirées, radieuse, au havre de tes bras. Mon sacre! Non, je ne me tairai pas! Et ton désir de moi ruisselle sur mes hanches, fouaille mes entrailles, multiplie en moi les espaces sertis de ma chair. Jamais je n'eusse cru que l'amphore de mon ventre recèle tant d'antres secrets qui, forcés, révèlent encore, dans un déclic suave, d'autres antres, d'autres encore. Et plus avant où tu pénètres, tous ces mois où nous ne fîmes que nous aimer, plus se multiplient les profondeurs dont je suis le vigile. Parfois, quand je marche dans les rues, je suis bercée entière de résonances et d'échos comme le corps d'une viole dont, longtemps après que la musique a cessé, palpitent les éclisses et les ouïes. Parfois j'ose à peine respirer, et j'avance lentement, très lentement, comme une reine sous un dais brodé d'étoiles et de lances. Parfois aussi, l'espace résonne en moi comme dans une église — et mon émotion est si profonde que les larmes coulent jusqu'aux coins de mes lèvres sans même que m'alerte le sel sur ma langue. Parfois, de longues heures après que tu m'as aimée, je te sens remuer en moi doucement comme un passager clandestin.

J'ai navigué des mois durant, la coque ample et galbée, les soutes pleines d'huile, d'ambre et de nard, les hanches lourdes, riche à crier, ah, plus vivante que la corde pincée d'un luth, ah, morte presque de la grâce d'être ton amante! Mes entrailles exultent. Mon corps tinte, frappé au cœur de son métal. Sur mes épaules, ruissellent des jardins; prairies, lacs et rivières cascadent le long de mon dos et de mes reins. Dieu déborde.

Tu vois, j'ai ouvert les vannes et tout est submergé, noyé! Les images se bousculent, s'annulent, se déploient. Ah, tant pis, je me laisse emporter. Ah, tant pis!

Je ne me souviens plus avoir désormais eu une pensée ou fait un geste qui ne fût relié à toi.

Je jetai hors de moi-même tout ce qui s'y était amassé en dix-huit années pour te laisser toute la place. Je devins ce réceptacle de ta présence au monde. Je devins femme. Ce corps de résonance où se répercute chaque soupir de l'homme aimé. Et, ce faisant, mon bonheur grandissait. Plus j'étais translucide à ta lumière, plus je rayonnais. Plus j'étais transparente à tes désirs, plus j'existais. Dans cette immersion en toi, Abélard, se révélait ma vraie nature. Je découvrais l'élément pour lequel j'avais été faite : l'amour éperdu.

Ignorante des dangers que nous encourions, protégée tant bien que mal par une Louisette terrifiée, je vécus tous ces mois dans un état ineffable — baignée d'une grâce telle que rien ne pouvait nous atteindre. N'étions-nous pas semblables à ces saints dont on raconte qu'ils traversent les incendies sans se brûler? N'est-ce pas simplement qu'ils sont eux aussi dans le même indescriptible état d'amour?

Comment aurais-je pu sinon tant d'années traverser le long martyre de la persécution morale sans fléchir? Comment, adjurée sans cesse de me repentir et de reconnaître tant ma faute que le juste châtiment qui la frappait, n'aurais-je pas renié ma plus haute certitude? Même le désespoir long et morne auquel j'ai été acculée tant d'années ne m'a pas fait céder un arpent de ma foi. Je n'aurais pas abjuré sous la torture. Non que je sois obstinée : après la flambée du ressentiment, j'ai toujours pardonné à qui me harcelait. J'étais forte d'une conviction : ceux qui me jugeaient ne voyaient que du dehors ce que l'amour m'avait donné à voir du dedans. Ainsi ces vitraux célestes qui, contemplés de la rue, sont gris et ternes et ne déploient leur flamboiement que lorsqu'on a pénétré le sanctuaire. Comment en aurais-je voulu à quelqu'un d'avoir été sa vie durant interdit d'accès? Exclu de la Fête des Fêtes?

J'ai tant aimé l'amour que j'en ai gardé un étrange instinct : je sais sur l'instant si un homme et une femme s'appartiennent, même dans une assemblée nombreuse, même s'ils se tiennent à distance l'un de l'autre. Partout où j'entre dans l'orbe d'un couple, je sens la consistance de l'atmosphère se modifier. Je sais même avec la plus exacte précision laquelle de nos moniales a frôlé

l'amour ou en garde la brûlure indélébile. Je ne
me suis jamais trompée. Tout m'est indice. Les
anciennes amantes ont une façon de toucher un
objet, de lisser une étoffe qui les trahit : leurs doigts
ont palpé du vivant; entre elles et la création, le
passage est frayé; leur peau a cessé de les séparer
du monde. J'ai avec elles une relation heureuse,
aisée. Mettre en contact avec le divin celles qui
n'ont pas encore aimé – qui confondent la bonté
domestique et l'amour divin, la chaleur de l'âtre
et l'incendie du grand midi – s'avère autrement
difficile! Rien n'est plus contraire à l'expérience
mystique que la routine et la sécurité. Seules les
âmes ébranlées jusque dans leurs fondements par
la passion ont la chance de voir s'écrouler l'édifice
de leur moi, de devenir les chantiers du divin. Mais
voilà que je saute les étapes et les décennies et que
je me retrouve soudain à l'autre bout des métamorphoses de l'amour! Heureusement que personne n'aura à suivre les arabesques de mes rêveries
brûlantes!

Nombreux sont les visiteurs, voyageurs, pèlerins
qui se succèdent chez nous au Paraclet. S'il m'arrive
de découvrir chez l'un ou l'autre les indices d'une
passion impossible à dissimuler, ma joie est profonde. Héloïse et Abélard continuent d'exister sous
d'autres visages! C'est le sentiment que j'éprouve
et qui me comble! Car si rien n'apparaît, à prime
abord, plus intime que la passion d'amour, plus

exclusivement lié à ceux qui la vivent, rien, pour finir, ne s'avère plus universel que ce fluide qui traverse les amants et dont leur corps conduit le courant vers une destination inconnue.

Chaque passion est une bénédiction pour la terre. Elle irradie.

Partout où nous allions, Abélard et moi, les cœurs s'ouvraient, les gens nous souriaient, les mendiants recevaient notre écot comme une manne. Un épisode entre autres que je n'ai jamais pu oublier. Au parvis de Saint-Jean-le-Rond se tenait souvent une vieille à la peau ulcérée, les coins de lèvres moussant de sanie. Je me cramponnais à Louisette et mon cœur se soulevait quand elle venait pour me caresser la joue. Marchant à tes côtés, cette fois-ci, je la vis s'approcher sans en ressentir d'angoisse. Et à l'instant où elle porta la main à mon visage pour le caresser, je vis sa beauté! L'incroyable beauté derrière la répulsive laideur! Un être rayonnant, tout au bonheur d'approcher en nous l'amour!

Oui, la beauté des êtres et des choses m'était soudain révélée et me bouleversait. Partout le voile fané des apparences se soulevait, et je découvrais le monde dans sa clarté originelle. Les rues où nous marchions, sans, je crois, frôler le pavé, existent-elles encore? Et les passages, les volées d'escalier bâillant subrepticement entre deux maisons? La ville ne déroulait-elle pas devant nous ses rues et

ses venelles comme un marchand oriental ses soies
et ses damas? Des cloches se mettaient à sonner
en dehors des offices. Quelque pouvoir émanait de
nous qui engendrait des espaces neufs. Nous vîmes
des choses que personne avant nous n'avait vues
et dont, je crois, j'espère du moins, la trace est
demeurée. Nous avancions, frayant sur terre au
plus dru de la création des trouées claires et des
passages.

Elle transfigure tout, la grâce des commence-
ments! Tout — aussi longtemps du moins que ni
la volonté, ni les désirs, ni les espoirs n'y mêlent
leurs eaux troubles — aussi longtemps que les amants
sont eux-mêmes dans un état de saisissement total
et ne tentent ni de toucher ni de retenir cette
apparition miraculeuse dont ils sont à la fois témoins
et objets.

Je me suis retirée pour écrire, après les vigiles.
La nuit a passé sans que je la remarque. Je sursaute
à entendre sonner les laudes. Je suis comme après
une dure et longue équipée, épuisée mais heureuse
d'avoir tenu bon. Je tenterai de dormir un peu
après les prières.

Lorsque je lirai tout à l'heure à tête reposée ces

quelques feuillets, je serai navrée, je présume, de mon impuissance à dire la passion. Mais, pour l'instant, domine en moi le sentiment que j'ai tenté bravement l'impossible.

LA TERRE TREMBLE

AU-DESSUS de ma couche, entre la poutre et la saillie du mur, une araignée a fait sa toile — une toile qui se balance mollement aux courants d'air comme le lâcher d'une voilure. Sa texture irrégulière, brouillée, ne requiert qu'un minimum de matière : une pruine sur l'absence d'un fruit. Il m'est arrivé de la contempler si longuement que les yeux me brûlaient. Une phalène qui s'y est prise l'autre soir a déchiré de ses battements d'ailes un pan du drapé. Elle oscille maintenant en douceur, lourde, morte. L'araignée n'est pas revenue.

Plus je regarde et plus mon regard se perd dans un infini de la matière. Une fois ce regard activé, peu importe la chose regardée; la réalité se déplace alors vers une strate où elle est au plus dense — dans une zone flottée et compacte à la fois où chaque pensée coagule et prend corps. De cette perspective, les objets n'apparaissent que croûtes, laves vite durcies que crache le volcan de l'énergie créatrice et divine.

A regarder ainsi une parcelle de la création —

ma toile d'araignée — s'active cette émotion profonde : la réalité libère son potentiel d'irréalité,
révèle son halo, la frange de lumière diffuse entre
le tangible et le possible.

La focalisation totale de l'attention qui m'a coûté
tant d'efforts dans la vie monastique m'est plus
familière aujourd'hui grâce à la longue pratique de
ces contemplations. Le cerveau se vide de son
grouillement de pensées larvaires. La source lumineuse derrière la matière se manifeste. Un immense
amour relie alors en moi le créé à l'incréé.

Cette expérience mystique, je l'ai connue déjà
dans les bras d'Abélard.

Présence aux choses et à l'instant — pas un cheveu
ne dépasse, pas un fil — la coïncidence est si parfaite
que même un nom crié se perd sans écho.

État d'alerte après le couvre-feu. Je guette tes
pas. L'attente est longue. Immobile, respirant à
peine, je suis tendue tout entière vers les signaux
annonciateurs de ta venue. Nombreux sont les
bruits qui brouillent les pistes et m'exaspèrent. Un
aboiement de chien sur le pont, le grognement
d'un porc fouillant devant la porte les immondices,
un cri d'oiseau nocturne... De nuit, la nature reprend
ses droits sur la ville. Au-dessus de ma tête, se
font entendre les allées et venues de mon oncle
Fulbert. Après le geignement lourd du prie-Dieu,

ses pas s'éloignent vers l'alcôve. Quelque ordre tardif à son valet ou le grincement d'un seau sur le plancher me parviennent encore.

Certains soirs, des rumeurs inhabituelles me mettent sur le gril. Quelque zèle inexplicable entraîne une fille de cuisine à la cave ou à l'office. Ou est-ce Louisette qui œuvre encore à la buanderie? Le vent me nique et fait frémir un battement de porte, ululer une serrure. Parfois un craquement de bois me révèle que quelqu'un approche doucement, que trois pas l'ont mené devant ma porte — j'en mets ma main au feu! — et que — ah mais rien, rien, rien encore... Je brûle et je gèle. L'effroi d'être oubliée ce soir et le ravissement de l'approche se mêlent. Irréalité de cette réalité que nous reflètent nos sens! A l'instant même où je cesse d'espérer, ah! une coulée glaciale et ardente — ton entrée dans mon lit... Mon cri muet.

Le suave resserrement de tout mon être autour de ta pénétration, les flots de bleu indigo noient mes yeux, Suffocation, Mort, Nuit. Puis ma resurgie tout entière, lierre grimpant enroulé à tes jambes, à tes reins, à ton torse, vrillée à toi par une reconnaissance éperdue. Présence. Présence. Délivrés de toute identité. Rivés à nos corps d'homme et de femme.

Une fois ta faim de loup apaisée, tu deviens même doux, tu t'abandonnes. Mes doigts émerveillés t'explorent, remontent en tâtonnant là où la

peau est la plus douce, là où elle est tournée vers
ton propre corps, la face interne des bras jusqu'au
creux de la saignée et jusqu'au creux de l'aisselle,
la soie brûlante à l'intérieur des jambes. Je suis
vide, vide de toute pensée, vide et présente. Pieds
nus sur la lame affûtée de l'instant.

Souvent, lorsque nous étions l'un à l'autre, j'ai
cru sentir que d'invisibles visiteurs affluaient de
toutes parts. Comme si ce violent appel d'air que
crée la ferveur aspirait à la ronde toutes les âmes
errantes et les abreuvait à l'amour. Notre chambre
palpitait de présences et de rumeurs.

La sensation de sécurité que nous donnait l'amour
était si puissante que nous ne percevions rien des
dangers que nous encourions. Nous avions depuis
longtemps abandonné le sol ferme pour avancer
sur la glace et n'en savions rien.

Louisette avait plus d'une fois retenu les pas de
Fulbert vers ma chambre et mon étude. Ses mises
en garde ne m'atteignaient guère car sa tristesse
offusquait mon bonheur. Je la suppliais de louer
pour moi le Seigneur au lieu d'invoquer pour ma
protection tous ses saints et ses anges. Je l'évitais,
pour échapper à ses appels à la prudence qui,
même silencieux, un simple regard suppliant,
m'étaient insupportables. Une fois néanmoins, je
n'eus à l'entrée de Fulbert que le temps de rabattre

d'une main mes jupes et de dérouler prestement
de l'autre un rouleau de Sénèque sur les genoux
d'Abélard pour dissimuler ses chausses ouvertes.
Notre émotion fut mise au compte d'une vive
délibération sur l'emploi exceptionnel d'un ablatif.

La connaissance que j'ai de la suite de l'histoire
a déteint sur tout le reste. Les teintes originales ne
se conservent guère lorsqu'on laisse macérer
ensemble diverses étoffes. Pourtant tout ce qui est
délicat et tendre me semble préserver sa nuance
première : nos émotions, nos regards, nos échanges.
Mais tout ce qui a coloration de malice, de rouerie,
de cette joie un peu mauvaise qu'on éprouve à
s'être gaussé de quelqu'un s'est entre-temps terni.
Par nous dupé, Fulbert retrouve en ce soir d'automne dans ma mémoire, la terrible innocence de
ceux dont le destin se sert pour frapper.

Quand je suis lasse, je m'accoude à ma table et
je prends mon visage dans mes mains ouvertes, les
deux paumes appliquées sur les yeux. Tout d'abord
il y fait nuit — mais lentement la chaleur pénètre
les globes oculaires et m'apaise. Je commence à
discerner — au fond d'un puits — le miroitement
d'une eau ronde, parfois bleue, parfois scintillante
de tout un firmament. Puis comme à l'ouverture
circulaire d'une longue-vue s'animent parfois des
visages et des scènes entières, je nous vois marcher

le long d'une rue — sur un fond d'échoppes et de portes cochères. Et je m'émerveille de notre tranquille assurance, de notre avancée lente et fluide et de ces gestes d'un subtil accord qu'on ne voit qu'aux bêtes et aux amants.

Nous vivions nos jours comme sur le pont d'un navire, dans ce léger roulis et tangage dû aux insomnies. Nos regards se perdaient au loin. La réalité quotidienne ne retenait plus guère notre attention. L'évidence presque menaçante dont elle se revêt si souvent dans l'existence ne nous apparaissait plus.

Dans cette lettre qui m'a tant fait souffrir et où tu retraçais pour un ami — non pas pour la femme qui depuis des années mourait de ton silence — l'histoire de tes malheurs, tu n'hésites pas à nous trahir. Ton amertume y est grande à avoir des mois durant perdu « l'usage de ta raison ». Tes disciples, dis-tu, déploraient l'égarement dans lequel ils voyaient plongé leur maître adoré, ton désintéressement soudain, ta tiédeur. Tu ne parlais plus d'inspiration mais de mémoire. Tout ce qui avait jusqu'alors focalisé ton intérêt retenait à peine ton attention. Les thèmes qui t'enflammaient encore hier laissaient désormais un goût de cendre sur ta langue; tu n'aurais su dire pourquoi ils avaient quelques jours plus tôt encore mobilisé tes passions. Seul l'amour te retenait.

Il n'y a guère que les savants et les marchands

de chandelles pour déplorer qu'au lever du soleil les lanternes soient inutiles! Les saints, eux, s'en réjouissent. A Cluny, dans ces mois de silence qui précédèrent ta mort, tu as su de nouveau ce que tu avais su dans mes bras. Oui, toutes tes œuvres et toutes les pathétiques polémiques de ton siècle te sont apparues alors ce qu'elles étaient vraiment : œuvres humaines, émouvantes lanternes allumées dans la nuit des hommes, mais désormais dérisoires au lever du soleil. Tu sais ma passion de la philosophie et des sciences divines – et qu'il n'y a trace de mépris dans ce que j'écris là. Sans la lumière de ces lanternes, dans la nuit qui nous entoure, nous perdrions l'usage de nos yeux. Que de fois dans mon désespoir, quand j'errais dans les vergers d'Argenteuil, la seule vue de quelque fenêtre éclairée où veillait une moniale me retenait de mourir. Ainsi, du savoir humain et de la science des philosophes qui nous guident dans la nuit de l'âme. Mais au grand soleil de l'Amour, Abélard! Regretter les lanternes! Qui t'a ainsi frappé d'amnésie?

Aveugles et sourds à ce qui nous entourait, voilà ce que nous étions, disait Louisette. Comme ces coqs de bruyère impossibles à approcher en temps normal mais que « la maladie de l'amour » rend aveugles et sourds à l'approche des chasseurs – « A leur grand dam! ajoutait-elle, oui, à leur grand dam! ».

La suite prouve qu'elle avait raison. Mais ces preuves n'avaient pas de poids dans l'orbe où nous nous mouvions. A la réalité que brandissaient les uns comme massue, s'était substituée une autre qu'aucune flèche de chasseur n'a jamais ni visée ni touchée. Que la première réalité ait fini par nous rejoindre, nous saisir, nous jeter au sol et nous anéantir, ne participe — si j'ose dire — que de sa logique propre.

La matière brute peut tenir l'âme en otage, l'engluer... Son pouvoir est absolu, invincible et pourtant — Mort, où est ta victoire? — le trophée qu'elle brandit triomphalement pour finir est le vêtement vide de l'évadé. Ce n'est pas l'amour dans le coq de bruyère que la flèche du chasseur transperce et tue : elle est fichée dans quelques onces de chair morte.

Et toi, Abélard! que d'énergie dépensée en cours d'existence à continuer de feindre d'ignorer ce que l'amour t'avait enseigné! Les femmes ont moins de nom, moins d'honneur à défendre, moins de raisons à ne pas croire à ce qu'elles voient, à ce qu'elles sentent et à ce qu'elles respirent!

Tu m'as aimée — malgré toi — d'un amour puissant et généreux. Nombreux, heureux, ceux qui en captaient la lumière!

On chantait dans Paris les chansons que tu me composais :

> *« Quam dum cerno de superno*
> *Puto vigere*
> *cuncta sperno donec sterno... »*

On disait à haute voix tes poèmes. Toute une fin d'été et tout un long automne, l'amour s'est appelé à Paris sur toutes les lèvres Héloïse et Abélard.

J'ignore si on les fredonne encore.

Peut-être sont-ce ces chants qui éterniseront ton nom? Toi qui as tant lutté pour le renom de ta philosophie et l'honneur de tes écrits, imagine un instant que ton nom reste aux mémoires celui d'un amant? Et, pire encore, accolé au mien! Toi qui as jugé plus tard l'amour une maladie redoutable, toi qui as voulu rester dans les mémoires le chantre de l'usage le plus élevé de la raison et de la science, le plus exigeant des logiciens, le père de la scolastique, l'égal d'Aristote, imagine, Abélard! imagine que le volcan qui trahit jadis Empédocle en recrachant ses sandales, ne trahisse plus cruellement encore Abélard en ne livrant de lui à la postérité que la part dont il ne voulait pas : l'infracassable noyau de l'amour?

Au milieu de nos enlacements, la porte s'en-
trouvre.

Par-dessus ton épaule nue, je vois l'embrasure
grandir... la clarté vacillante d'une chandelle lance
au mur sa première giclée... un œil hagard sous la
broussaille d'un sourcil... un nez s'avance, puissant... un deuxième œil s'écarquille, la crinière
léonine de Fulbert flambe d'un seul coup! Le voilà
tout entier dans le chambranle, colossal, granitique.
Un long moment, statufié.

Puis cette monumentale formation géologique
s'anime d'un seul coup, s'entrechoque, en proie à
un violent séisme. Tout tremble à l'entour. Jurons
et malédictions grêlent et s'abattent sur nous comme
éboulis de roches. Le couloir se remplit de pas
précipités, d'autres yeux hagards, d'autres chandelles vacillantes, des silhouettes blanches s'agglu-
tinent. A l'autre bout de la pièce un vaisseau d'étain
que personne n'a frôlé s'est détaché du mur dans
un fracas de ferraille.

Nous n'avons pas poussé un cri, pas proféré une
parole. Nous sommes maintenant debout au pied
du lit, enveloppés nus dans un seul drap, soudés
l'un à l'autre. Nous ne ressentons ni peur, ni
indignation, ni honte, ni désespoir... sinon la claire
conscience que le destin a basculé. Pour l'instant
domine en moi, aussi invraisemblable que cela
puisse paraître, la sensation que *tout* peut bien nous
être désormais arraché puisque *tout* est déjà sauvé,

transfiguré, vécu! Ce message de l'intuition divine que j'ai reçu en cet instant — à l'âge de dix-neuf ans! — j'ai mis plus de quarante ans à le communiquer à ma chair et à mes os, à le faire accepter à mes entrailles!

Une accalmie effrayante suit l'éruption de Fulbert. Un silence plombé comme si tous — en cet instant — avaient pressenti qu'il ne s'agissait là que du prélude d'un drame autrement sanglant. Quel soulagement nous eût apporté un nouvel accès de fureur! Mais la colère de mon oncle est tombée.

Il ne fait que détourner de nous la tête, lentement. Et d'une voix cassée, il donne l'ordre à Gaétan et à Ludovic, ses valets, de jeter à la porte avec ses effets et ses malles le sieur Abélard. Puis il s'éloigne, met un siècle à gravir l'escalier, cassé en deux comme un vieillard. La malédiction tient longtemps figé le petit groupe que nous formons avec les domestiques. Il est clair que l'amour à notre insu avait tout tenu ensemble, donné aux choses et aux êtres la force qui les mettait debout. Il y a soudain tout à craindre pour les poutres, les solives et les charpentes.

Les deux rustauds aident Abélard à se vêtir avec une délicatesse dont on n'eût pas soupçonné qu'ils fussent capables. Jamais on ne chassa quelqu'un avec plus d'égards. Les femmes pleurent dans les manches de leurs chemises. Je tiens le visage caché contre la poitrine de Louisette comme je l'ai tou-

jours fait, enfant. On entend à l'écurie hennir les
chevaux et s'agiter pigeons et colombes sous la
rotonde. Toute ma vie j'ai eu conscience que les
bêtes prenaient part à ma détresse.

Je m'arrache à Louisette... Je cours à la fenêtre...
Ma dernière image de cette nuit : lourde, ta houp-
pelande frôle le sol. Tu t'éloignes, tête baissée.

La séparation nous affame. La ville est soudain
un désert où tu erres, chacal, le mufle au sol. Ma
chambre dont je ne sors plus, sur ordre de mon
oncle, s'est transformée en cellule. Nous trouvons
pourtant bientôt moyen de correspondre, d'échan-
ger en latin, sur de minuscules billets, des paroles
de feu. Louisette les transporte dans un reliquaire
d'étain, de la taille d'un écu, qu'elle noue à son
cou.

Tu as trouvé à te loger quelques rues plus loin
dans l'île de la Cité.

Une passerelle invisible relie nos couches ; il m'arrive de t'entendre respirer près de moi la nuit.
L'amour nous absorbe si violemment que nous
sommes insensibles au scandale qu'il a provoqué.

Fulbert continuait de fulminer.

Son désespoir était profond d'avoir livré sa nièce innocente et adorée à un monstre de duplicité. Sa haine pour toi grandissait et son indignation d'avoir été ta dupe. Comment avais-je pu, me reprochait-il amèrement lors de ses visites quotidiennes, ne pas chercher sa protection contre tes ignobles avances? Mais ne m'avait-il pas dit que mon maître avait sur moi tous les droits et que j'avais à lui obéir en toutes choses, à toute heure du jour? Cet ordre fou qu'il m'avait donné le torturait au-delà de tout. Il s'imputait la faute de mon déshonneur, faisait seul les questions et les réponses, me regardait hagard sans m'entendre quand je risquais une parole. Un jour, il se frappa les tempes de ses poings avec tant de fureur que je me précipitai pour l'en empêcher, voyant ses yeux se violacer — « Comment ai-je pu? répétait-il sans cesse, comment ai-je pu faire confiance à ce monstre? » Pas un instant ne l'effleurait l'idée que son raisonnement abstrus l'égarait, et qu'un autre élément qu'il négligeait avait pu jouer un rôle déterminant!

J'ai appris grâce à mon oncle Fulbert de quelle irréalité est faite la réalité que chacun de nous se forge. Ne vivons-nous pas dans ce rêve ou ce cauchemar que nous engendrons nous-mêmes — et que nous baptisons naïvement réalité — prêt à barrer férocement passage en cours d'existence à tout ce qui la remet en cause? Notre entendement n'est-il pas ce gardien de prison aussi acharné à empêcher son prisonnier de quitter sa cellule qu'à laisser quiconque y entrer en visite?. Et pourtant, moi qu'un drame isola de même manière tant d'années, je me demande aujourd'hui si les obsédés, les détenteurs d'une vérité unique n'ont pas sur les pense-tiède — tout aussi « irréalistes » qu'eux mais modérés! — une chance de plus d'être délivrés? La vraisemblance n'est-elle pas plus grande à force d'excès qu'ils ne traversent le plancher de leur illusion et ne soient réveillés par le fracas de leur chute? Mais en ce temps que j'évoque, l'heure de la clairvoyance n'était pas venue pour Fulbert. Vint-elle jamais?

Lorsque j'osai un matin l'interrompre et lui crier aussi fort que je pus : « Écoutez-moi donc, mon oncle, écoutez-moi : j'aime maître Abélard », il me regarda interloqué, la mâchoire pendante. Puis le sang lui monta d'un seul coup au visage — et pour la première fois de sa vie, il me frappa avec tant d'acharnement qu'il me laissa au sol sans connaissance.

Il eût préféré tuer sa nièce aimée plutôt que de regarder en face cette réalité dont l'existence — s'il avait été contraint de l'admettre — eût chamboulé sa vision du monde : qu'entre un homme et une femme l'amour pût exister. Cette réalité était pour lui aussi impossible à regarder en face que le soleil ou la mort.

De l'instant où il m'eut entendue faire cet aveu, je cessai pour lui d'exister ou plutôt je dégringolai à nouveau dans ce magma indifférencié où les femmes sont mêlées à la matière. L'éducation qu'il m'avait donnée m'avait élevée au-dessus de ma condition et rendue digne de son estime. En lui révélant que j'étais femme, je lui causais une déception dont il ne se remit jamais. De ce jour, il me traita comme il traitait les servantes, m'obligeant de tenir les yeux baissés en sa présence et me frappant à tout propos quand son humeur était mauvaise. Je dois ajouter que l'état de passion dans lequel je me trouvais m'empêchait d'en souffrir et que son agression envers moi, je présume, en était accrue; pour quelqu'un qui aime ou qui hait, n'est-il pas terrible de sentir que l'énergie qu'il dépense sans compter n'est pas reçue?

Les femmes angoissaient Fulbert comme elles angoissent tous ceux qui ont pris la vie en haine. Un courant s'est introduit dans l'Église qui n'a envers le corps que mépris. Plutôt que de voir dans la matière, dans toute matière le divin manifesté, voilà qu'on la jugule, la domine, la châtie même et qu'on croit élever l'esprit par l'humiliation de la chair! La démonie de cette attitude n'apparaît pas encore. Si cette vision vient à s'établir — bien des signes avant-coureurs le font craindre — la nature sera détruite, le monde scindé en deux castes

ennemies : un esprit desséché — une matière mau-
dite.

Or Dieu ne se manifeste que dans cette zone
lumineuse et tremblée où les sens frôlent l'âme.

Cette révélation que l'amour m'avait octroyée —
plus rien désormais ne me la refléterait. Je serais
la dépositaire d'un secret dont tous contesteraient
le message — tous et celui même, plus tard, à qui
j'en devais la bénédiction!

Déjà en ces jours, dans mes rencontres avec
Fulbert, je recevais une terrible leçon d'humilité :
devoir accepter que le plus impérieux, le plus
évident, le plus brûlant des messages ne puisse se
faire entendre! Devoir accepter que ce que j'avais
vécu de plus haut, de plus sacré jusqu'alors ne fût
pour Fulbert qu'objet de mépris et de dégoût! Et
non seulement l'accepter mais ne pas condamner
au fond de moi-même celui qui se refusait à m'entendre, mon oncle que j'avais toujours aimé d'un
amour d'enfant, consciente que je lui devais tout
— tout — et même Abélard!

En plongeant dans la matière qui nous entoure
et que nous sommes, en nous livrant à elle, en
nous y baignant, en nous laissant emporter par son
courant, nous avions conflué en Dieu. Voilà l'expérience qui nous avait transformés.

Fulbert, lui, croyait que tout dans l'existence
vécue détourne de l'essentiel. S'il était clair que
pour assurer la pérennité de l'espèce, les hommes

se devaient d'engrosser les femmes, ils avaient à le faire avec vigueur et rigueur en n'engageant d'eux-mêmes que les parties strictement concernées. Tout le brouhaha de la vie − les mots chuchotés − les portes claquées − le rire des femmes au lavoir − le vent dans les branches − les pépiements d'oiseaux − les aboiements des chiens − les cris des femmes en gésine − les crissements des roues − empêchait d'entendre l'essentiel. Il croyait de bonne foi que lorsque ce désordre serait dominé, jugulé, maîtrisé, châtié, réduit au silence, alors monterait claire, audible à tous − la voix de Dieu.

Je savais pour ma part que ce ne serait pas la voix de Dieu qu'on entendrait alors mais celle des bourreaux.

Parfois, lorsque notre entrevue avait été particulièrement douloureuse, je priais pour Fulbert. Je demandais pour lui qu'il pût un instant entrevoir une autre perspective, soupçonner qu'il existât autre chose sur terre que la violence qu'il faisait subir à lui-même et aux autres. Ce que j'ignorais, c'est que la réalisation de ce vœu l'eût tué. Car alors lui serait apparu le dénuement de toute son existence − alors il eût compris qu'il avait sa vie durant manqué de tout. En s'arc-boutant contre toute révélation, il n'assurait rien de moins que sa survie.

Mes pensées − mais puis-je appeler pensées cette nuée de mots balbutiés et d'images brûlantes qui me hantaient jour et nuit? − ne tournaient qu'autour de l'amour. Lorsque je compris que je portais un enfant, mon bonheur fut grand. Qu'Abélard fût loin de moi cessa d'un seul coup de m'être insupportable puisqu'il était en même temps lové en moi. Son absence n'en était plus une. Les distances étaient résorbées. Où qu'il soit, où qu'il aille, Abélard était en moi.

Je passai ces mois dans la coquille d'un œuf. Une part de mon existence se déroulait au grand jour et n'était que privation, isolement; l'autre, invisible, se jouait dans la chaleur de mon ventre et me comblait.

Une nuit où Fulbert s'était absenté, Abélard organisa mon évasion. Il me fit passer en Bretagne chez sa sœur afin d'échapper aux sévices de mon oncle et de pouvoir mettre notre enfant au monde en toute quiétude. Pour brouiller les pistes, je voyageai dans un habit de religieuse que nous nous étions procuré par la connivence d'un ami. Rien ne nous laissait soupçonner alors que cet habit revêtu par ruse allait être d'ici peu celui de tous les jours de ma vie.

J'entre, avec ce voyage, dans la zone d'ombre de mon existence.

Je le sens à la réticence soudaine de ma plume à former les mots. Désormais je flaire la proximité du drame à venir — oui, la vieille chienne que je suis flaire le passage du connu à l'inconnu, du familier au menaçant. Comme dehors dans la nature, notre vie a ses zones claires et ses zones incertaines où erre le maléfice. Longtemps j'ai interdit à ma mémoire l'accès de certains lieux — si bien qu'ils sont restés inhabités, livrés aux forces inconscientes. Il m'arrive maintenant d'en conquérir chèrement un espace, d'en exorciser une enclave. Un simple regard amène posé sur un épisode, un motif, une rencontre me paraît exercer le même effet bénéfique que l'édification d'un oratoire, d'une petite chapelle, d'une croix dans un endroit infesté de loups et de brigands — un signe d'espoir pour le voyageur égaré.

Ainsi, à l'instant, le seuil de la maison du Pallet où Milli, ta sœur, m'attend. Je m'y attarde. Pluie, pluie. Tornade soudain chargée de grêlons qui tambourinent sur l'auvent de pierre grise. Les volets claquent, tentent de s'arracher aux gonds. Une ardoise tombe du toit avec fracas. La pluie torrentielle s'écoule à gros bouillons dans les ravines qu'elle creuse au sol. Dans l'entrée où je pénètre, les houppelandes poissées de pluie sont suspendues aux patères. L'eau s'en égoutte sur les dalles. Sous chacun de nous se forme un lac. J'entrevois par l'entrebâillement d'une porte la grande cheminée. Je me hâte d'entrer. Assise sur le petit banc, je laisse avec ravissement griller mon ventre et mes joues. Le bois pète et craque et crépite, la pluie

grésille, l'eau et le feu se parlent, j'ai chaud, je ris
du bonheur d'avoir chaud, je supplie Milli de me
parler de votre enfance.

Et voilà que l'image clignote et s'éteint, comme
sous un coup de vent la flamme d'une chandelle.
Et de nouveau, ma plume devient rétive. Le terrible
effort de dire les choses, d'oser les prendre en main!

A cette époque, s'infiltre une souffrance. Elle
n'est pas due à la pression d'événements extérieurs.
Non. Quel pouvoir auraient eu contre nous les
séparations, les médisances, la furie de mon oncle
à ma disparition, les mille obstacles?

Tout cela, j'ose le prétendre, ne nous eût rendus
que plus aptes à aimer — tremblant sans cesse l'un
pour l'autre et nous oubliant nous-mêmes. Toutes
ces épreuves ne pouvaient qu'affiner l'amour. Ce
dont je parle était d'une autre nature — et avait
lieu entre nous. Deux amants sont deux pièces de
bois aux mains d'un maître ébéniste qui s'entend
à imbriquer les tenons et les mortaises avec tant
de perfection que les deux pièces n'en font qu'une.
Puis l'atmosphère change et les pièces issues d'abat-
tages divers commencent de travailler chacune de
son côté, jusqu'à craquer, jusqu'à se soulever, jusqu'à se fendre dans les adents. Voilà ce qui était
en train d'avoir lieu — nos visions divergeaient
soudain.

Lorsque tu vins au Pallet à la naissance de notre fils, pour la première fois — un instant, un seul instant — je me sentis seule en ta présence, pour la première fois, j'eus à défendre contre toi notre amour et pour la première fois — aujourd'hui — à écrire, les larmes me coulent. Oui, je touche là à la racine de tant d'années de détresse.

Je me suis assise dans un coin de ma cellule et j'ai longtemps grelotté. La nuit est claire et mes barreaux forment une herse argentée devant la fenêtre. J'ai compris! Grâce à cette discipline d'écrire que je me suis imposée, j'ai trouvé la racine de ma détresse — et ma reconnaissance est infinie. A peine je prends conscience d'un mystère de mon être que les larmes amères se transforment en larmes de joie. Comprendre, mon Dieu, seul comprendre délivre! Tout ce qui va suivre, criant et sanglant, s'origine en ce lieu, en cet instant où nos visions ont divergé; le levier de la destruction ne peut s'insérer que dans une fissure déjà existante.

Je ne voulais rien pour ma part sinon être et t'aimer... être et t'aimer...

Tu forgeais des projets.

Quelque chose d'étranger, de gros, d'encombrant s'était placé entre nous — comme un monceau de malles et de coffres — quelque chose d'enflé, de redondant, d'envahissant : l'avenir.

Je n'en veux rien savoir! Je suis ton amante, ton ombre lumineuse.

Qu'y a-t-il à changer? Quelles décisions y a-t-il à prendre?

Je n'en veux rien savoir.

Je flaire le piège.

Je ne veux qu'être et t'aimer.

Tu forges des projets et te débats dans leurs contradictions.

Le déshonneur d'être chassé de la maison du chanoine Fulbert t'est devenu sensible avec les jours. Tu éprouves le désir de faire oublier le scandale, de retrouver ton entière dignité de maître. Tu te dois à ta célébrité. Tu commences de reprendre pied dans la réalité des autres et de délaisser la lucidité de l'amour pour la folie officielle et accréditée. Le monde t'a rejoint. Qu'y a-t-il là que je ne sois prête à respecter? N'ai-je pas pour ton œuvre et ton nom la plus profonde des vénérations? Mais voilà que tout se complique. Tu ne veux perdre ni Héloïse et les joies qu'elle te donne — ni l'honneur qu'il y a comme philosophe et comme clerc à rester un homme libre de ses gestes et de sa vie. Tu crois devoir apaiser Fulbert dont je suis convaincue pour ma part que rien jamais ne l'apaisera. (Ne sommes-nous pas, lui et moi du même bois dont on fait les forcenés? Seul l'objet de notre obsession diverge.) Un mariage dont seules nos familles seraient informées et que nous garderions secret te semble une option acceptable.

L'idée d'être attachée à toi et de t'attacher à

moi par un mariage officiel ou clandestin — m'est pareillement odieuse. L'absurdité qu'il y a à lier à moi par un contrat celui dont le souffle m'habite nuit et jour n'apparaît-elle vraiment qu'à moi? Suis-je seule à voir le caractère insensé de ce pas? Qu'y a-t-il là à parapher, à ratifier, à valider? Je m'en indigne comme d'une injure.

Vouloir nous lier l'un à l'autre, nous que l'amour a fait accéder à cette terrifiante liberté — à ce royaume que les lois des hommes ne régissent pas? Nous qui fûmes le premier homme et la première femme à mêler en Dieu leur salive et leur sève, nous recevrions quelque furtive bénédiction!

En moi se réveille l'Amante, l'Incendiaire, l'Héloïse sur laquelle ni toi ni moi n'avons de pouvoir! Elle fulmine! Elle te crie au visage qu'il y a plus d'honneur pour elle à être ta catin que l'épouse légitime de l'Empereur! Elle ne veut que la tendresse et non l'attache. Aussi longtemps que l'amour guide tes pas vers elle, peu importe où et quand et même si ces rencontres sont rares comme ces derniers mois, et semées d'embûches, aussi longtemps que l'amour guide tes pas vers elle, son bonheur est absolu, le monde intact. Elle crie. Elle se démène. Tu ne veux rien entendre, rien comprendre. Dix ans plus tard dans ta lettre à un ami, le récit de tes malheurs reflète la même stupéfaction : tu n'as toujours rien compris!

Tu ne cèdes pas pour autant ce jour-là — et finis

par avoir raison de ma résistance. Je me laisse entraîner à contre-corps, contre-cœur vers Paris. Nous confions notre enfant à Milli. Je te dis en montant dans la calèche que nous allons vers notre malheur. Pour me faire taire, tu m'étouffes de baisers et me serres dans tes bras avec tant d'ardeur que le lait de mes seins gonflés tache ton pourpoint.

Ce jour-là, l'esprit de prophétie était sur moi.

LE FEU DU CIEL

L E SOC de ma charrue entre en zone pierreuse. Je rechigne à l'effort. J'ai passé quelques jours sans écrire.

Plusieurs activités à mener à bien m'ont été bienvenues. Il a fallu avant l'hiver refaire le toit de la maison des novices qui était si dégradé, trouver des planches, des tuiles et du sable pour le mortier. J'aime quand notre Paraclet bourdonne comme une ruche, quand les cloches qui nous appellent à la prière nous surprennent comme si quelques instants seulement s'étaient écoulés entre les matines et les laudes. Les chants en sont plus beaux, plus vibrants. J'aime quand l'animation colore les visages, quand une activité exigeante requiert l'entière attention, arrête dans toutes les têtes à la fois le brouhaha des pensées. Alors naît une qualité de silence indescriptible. Chacune est à la fois en soi et dans les autres. Ces femmes venues d'horizons si divers deviennent ce qu'elles sont : les visages multiples d'une seule entité. En toutes, je me retrouve, mes sœurs et mes filles —

en toutes, je découvre une nuance de mon être.
Voilà si longtemps que je romps le pain avec elles!
Certaines sont venues au Paraclet comme à une
source, mues par la soif, d'autres se sont réfugiées
ici comme des bêtes traquées pour lécher leurs
plaies. La passion de tenir un livre entre les mains
en guida d'autres. Quelques-unes ont fui la cruauté
d'un père, la brutalité d'un mari. Certaines ont
troqué une vaisselle d'or et des draps armoriés
contre le pain noir du couvent, d'autres la plus
aigre des misères contre un toit au-dessus de leur
tête. Certaines ont des doigts blancs qu'on croirait
gantés – d'autres des mains rugueuses et rougies
que les gestes de l'adoration transformeront dans
un moment en d'autres mains. Porteuses de lourdes
charges, les hottes sanglées à leurs épaules, femmes
fortes aux gestes rigoureux et lents, puissants, et
qu'une grâce inattendue éclaire lorsqu'elles s'es-
suient le front de leur bras replié, femmes frêles
aux hanches étroites et qui nous surprennent en
soulevant à bout de fourche d'énormes ballots de
foin, elles m'émeuvent sous toutes leurs apparences.
Depuis que leur confiance m'a faite prieure puis
abbesse, j'ai cessé de m'attarder aux petitesses, aux
aigreurs, aux humeurs mauvaises qui ne manquent
pas d'en harceler certaines pour voir ce qu'elles
sont vraiment sous la peau, sous la chair du fruit
– en leur noyau.

Toutes ces femmes n'ont qu'une obsession :

l'amour et cette absolue transparence à l'amour qu'est la sainteté, même dans leurs querelles, leurs colères, leurs rancunes. Toutes ces femmes ne cherchent dans les visages qu'elles rencontrent, les bêtes qu'elles nourrissent, les plantes qu'elles cultivent ou récoltent, le lin qu'elles cardent, la laine qu'elles peignent, la pâte qu'elles pétrissent, dans les prières et les répons et les laudes et les psaumes d'alléluias, les moissons, le service aux cuisines, au bout de l'aiguille et au fond du chaudron — qu'une chose, toujours la même : une raison de plus d'aimer. Belles, laides, vieilles, jeunes, massives, fluettes, si semblables les unes aux autres dans leurs différences, vouées au même culte, aussi fixées dans leurs trajets que le sang dans les veines, entraînées, drainées vers l'amour quoi qu'elles fassent, de la même manière irréversible que les eaux du ciel et de la terre vont à la mer...

A les voir ainsi — et au bonheur qui alors m'envahit, je comprends que mon pèlerinage touche à sa fin.

Voilà qu'elles m'ont rendu la force d'écrire! Je sens dans mon dos leurs visages attentifs. Un chœur antique et muet me porte et me soutient.

Mon Dieu, laisse-moi plonger une dernière fois dans ce passé pour y délivrer les captifs, ces parts de nous-mêmes rivées au malheur, à sa terrifiante puissance d'envoûtement! Assiste-moi dans cette descente aux enfers!

Désormais le sol familier cesse sous mes pieds. Les sentiers battus me délaissent. J'avance sur un pont qui n'existait pas un instant plus tôt et dont chacun de mes pas fait progresser la butée au-dessus du vide.

Nous reçûmes de nuit la bénédiction nuptiale dans une église solitaire dont je ne sais plus le nom. Je ne saurais pas non plus retrouver son emplacement dans Paris.

Fulbert, quelques parents, quelques amis se tenaient derrière nous dans la pénombre.

Le bedeau qui portait les cierges luttait contre le sommeil. Chaque fois qu'il manquait s'assoupir, le faisceau de lumière oscillait dangereusement et balayant alors le tableau qui ornait l'autel (était-ce le martyre de saint Étienne?) livrait aux regards des monceaux de chairs déchiquetées.

Nous nous séparâmes en silence, sitôt la cérémonie achevée.

Dès le lendemain, à mon grand chagrin, mon oncle enfreignit sa promesse et commença de divulguer la nouvelle de notre union. Je protestai violemment du contraire partout où je le pus. La souffrance que nous nous infligions l'un à l'autre était extrême. J'étais atterrée et Fulbert perdait peu à peu les sens et la mesure. Abélard que je n'avais fait qu'entrevoir furtivement depuis cette nuit lugubre afin de me protéger contre les sévices de mon oncle, me fit envoyer à Argenteuil dans cette même abbaye de moniales où j'avais passé des années si malheureuses dans mon enfance. Je me pliais à tous ses désirs. Je serais descendue aux enfers s'il m'y avait envoyée.

Il m'y envoya.

Lorsque mon oncle apprit que j'avais revêtu les vêtements conformes à la profession monastique — excepté bien sûr le voile — il crut que la cérémonie nocturne dont il avait été le témoin n'avait été qu'une mystification et que mon époux s'était joué de lui. C'en fut trop pour lui.

Il acheta à prix d'or un domestique qui introduisit de nuit dans la chambre d'Abélard les tueurs.

J'ai dit tueurs.

Qu'Abélard ait survécu à sa mutilation ne signifie pas qu'il soit resté vivant. Des années durant, son corps resta vide.

Chape de plomb.

Une envie de vomir, de m'enfuir, de laisser là mes pages et ma plume.

La petite aube. La terrifiante petite aube.

D'un instant à l'autre, la lumière crue sur nous. Notre transe amoureuse arrachée à la nuit protectrice avec ce geste atroce des bouchers lorsqu'ils vont d'une main chercher dans le ventre de la bête égorgée la grappe dégoulinante des organes et des entrailles et la jettent comme un paquet immonde sur le billot! Ce geste qui arrache à la vie ce qu'elle avait de plus secret, ce qui palpitait un instant plus tôt, ce qui n'était pas destiné à être vu! Le geste atroce qui tourne au-dehors le dedans! Lumière crue sur le secret de nos corps et de nos âmes — l'absolu scandale du malheur — pire encore — du malheur innommable.

S'endormant aimé, envié, admiré de tous, célèbre et fêté, Abélard est arraché au sommeil, porteur du même nom et désormais un autre, châtré, ignoblement frappé en son corps et en son âme, se croyant désormais objet de risée, de pitié, d'effroi, d'horreur — sacrifié et à la fois refusé par le sacrificateur selon les prescriptions de Moïse au verset 24 du chapitre 22 : « Vous n'offrirez pas à l'Éternel... »

Ma place est près de lui — je dois crier avec lui, mordre avec lui mes poings — ou rester en silence, les mains dans ses mains, mon front contre son front, rester là sans respirer jusqu'à ce que Dieu comprenne qu'il doit retourner le cours du temps, le faire refluer, effacer ce qui NE PEUT PAS ÊTRE.

Abélard me fit transmettre l'instante prière de ne pas chercher à le voir.

Je restai hagarde.

Je ne saurais dire si cette période d'hébétement dura des jours, des semaines ou des mois : elle est restée au toucher de ma mémoire aussi morte et insensible qu'au toucher de nos doigts la peau qui se forme autour d'une plaie.

Le monstre du remords s'abattit sur moi.

J'ai causé son malheur.

Un linceul cousu désormais à ma peau.

J'ai causé son malheur. J'ai causé son malheur.

Une accusation sinistre, insensée dont j'ai mis une vie à me délivrer.

Je n'avais plus pour moi une seule pensée qui ne fût de haine. Je me sentais respirer avec réprobation. Je m'entendais pleurer la nuit sans un sursaut de pitié. Le pain que je portais à ma bouche était haineux. L'eau que je me faisais boire, empoisonnée de reproches. Mon corps m'apparaissait le piège immonde où Abélard était tombé. La horde des femmes qui causèrent la perte des hommes hantait mes nuits. Sœur involontaire d'Ève, de Dalila et de Judith, de Bethsabée, de la femme de Job, des femmes de Salomon et de tant d'autres, qui firent apostasier même les sages, voilà ce que j'étais devenue! Mon amour, loin de le protéger, de lui être cette armure invincible qu'il était en droit d'en attendre, n'avait été que l'instrument de sa malédiction. Je m'acharnais contre moi-même. Une enfant livrée à pareille mère serait morte. J'eus la chance de tomber malade. Souvent la maladie en émoussant ce que la souffrance a de trop tranchant nous sauve la vie. Mes jambes cessèrent un matin de me porter. Je m'ouvris le front dans ma chute et le sang me ruissela dans les yeux. Cette cécité momentanée me soulagea : je ne voyais plus mon malheur. Un bourdonnement aux oreilles me coupa du monde. Je n'entendais plus le cri aigre de ma détresse. La fièvre m'enveloppa de sa nuée brûlante et protectrice. De longues semaines, je dérivai. Notre abbesse eut peur pour ma raison. Elle était femme de grand cœur et suivit son intuition. Elle m'envoya un ange trois fois le jour entre les offices : c'était un orphelin de six ou sept ans, un des nombreux enfants que les mères abandonnent à peine nés, enveloppés de chiffons aux portes des couvents, et qui avait grandi dans la maison. Accroupi dans un coin du dormitorium, il jouait du pipeau. Je le regardais sans le voir et l'entendais sans l'écouter. Mais les sons clairs qui sortaient de son instrument étaient autant de fils noués à mes poignets. Ils me retenaient de sombrer.

Il y eut aussi Laurette, une novice de seize ans.

Quand je me réveillais la nuit en grelottant, elle était là. Elle était là quand j'avais erré sans fin à la recherche d'Abélard, guidée par une trace de sang qui finissait toujours par se perdre dans le sable et dans les ronces. Elle était là quand je passais d'un cauchemar à une réalité pire encore. Et lorsque je m'étonnais qu'elle me sacrifiât son sommeil, elle disait : « Quand je vais pour m'endormir, j'entends ton âme qui crie. » Son sourire n'éclaire-t-il pas aujourd'hui encore les cachots souterrains de ma mémoire où je n'oserais peut-être pas sans elle descendre? Ses parents avaient été assassinés sur la route de Paris à Senlis et elle-même violentée et laissée pour morte. Toute à mon propre malheur, je ne songeai jamais à m'étonner que son histoire fût si légère à la communauté et que la mienne pesât si lourd. Jamais je ne vis de tristesse sur son visage. D'une extrême grâce et toute menue, elle n'avait de corps que le minimum requis pour rester sur terre. Son sourire ouvrait le ciel. Lorsque, voilà quelques jours, des pèlerins venus d'Allemagne racontèrent que l'abbesse d'Unterlinden était morte en riant, je me souvins de ma Laurette et de sa mort, de sa radieuse impatience à nous quitter.

Tu sais bien, Abélard, que si je m'efforce de ne parler que de moi en ces pages, c'est par pure lâcheté. Ta souffrance d'alors m'est impossible à affronter. Chaque fois que je me tourne vers elle, les yeux m'en sont brûlés. L'incandescence de ton désespoir est telle que je ne puis songer à l'approcher. Je ferais injure à cet horizon de l'homme qu'une femme ne peut connaître, en prétendant l'avoir saisi. Je ne veux que m'incliner en prières devant l'inconnu terrifiant de ta détresse.

Les semaines passent. Les mois passent. La vie monastique scande ces jours que je traverse comme une ombre et dont je ne connais ni l'odeur, ni la couleur, ni la saveur, ni la tonalité : des jours de paille sèche — des jours de cendre.

Lentement, ce qui avait été drame et choc devient le quotidien même, ce avec quoi on s'éveille, ce avec quoi on s'endort, ce avec quoi on traverse l'hiver, puis le printemps, puis l'été, puis l'automne, l'hiver encore... Et rien, rien qui n'apporte un apaisement, une conclusion, une culmination. Ce qu'on avait cru ne jamais pouvoir supporter un jour de plus — non, une heure de plus — non, que dis-je, une minute de plus — devient l'habituel, l'immuable. Lentement, l'état de choc se transforme en torpeur — les voix autour de moi ont abandonné ce ton qu'on prend pour les malades, ce ton hésitant, aux angles limés — pour prendre à nouveau un timbre sonore. Il n'y a que moi pour qui rien ne change, moi que chaque nouveau matin blesse, que chaque réveil transperce de sa lumière crue pour me rappeler que je suis morte – mais morte sans la miséricorde de la vraie mort.

Je titube des matines aux laudes, je trébuche à prime et à tierce, je chancelle entre sixte et none et je hante les vêpres et les complies. Tout le monde me loue de la conscience appliquée avec laquelle je remplis tous les devoirs et toutes les charges. Mes gestes s'engrènent les uns dans les autres. L'apparence trompe. Mon corps est vide; je l'ai délaissé. J'erre quelque part entre l'île de la Cité, les monastères où on signale ton passage, et l'enfer.

Le seul soupir de soulagement est celui que je pousse après les prières de none à tirer le drap sur mon visage comme on le fait des morts. Un jour de moins. Un jour de tourment de moins, voilà ce que dit mon soupir.

Tandis que je réveillais tantôt en chaque parcelle de mon corps l'ample floraison de l'amour et ne remarquais plus ni les escaliers à gravir dans la maison, ni le froid, ni les courants d'air aigres, ni la fatigue, voilà que maintenant tous mes os craquent et geignent sous la tâche inhumaine que je leur impose. Je n'ai pas accès à cette époque par la mémoire. Mes archives sont mes os. En eux s'est conservé cet acide des jours qui goutte, tandis que j'écris, dans les lymphes et le sang. L'articulation de mon poignet droit me brûle. Mon dos est criblé de points doulou-reux. J'ai à peine pu me lever pour ranimer la braise tant ma hanche était raide. Ce n'est pas pour m'en plaindre que j'écris cela. Ce corps archiviste, allié, ami de toujours, ne cesse de m'emplir de stupeur. Je n'ai qu'à le suivre où il m'entraîne pour cette œuvre de délivrance que nous menons ensemble à bien.

Ces années où je me suis engagée sont le royaume de la mort. La VRAIE mort — celle qui au beau milieu de la vie ouvre ses trappes — et non pas celle, clémente et lumineuse, qui nous ramène d'où nous venons. Tout ce que j'y touche blesse la peau, tout ce que j'y respire irrite la gorge, partout où se pose mon regard descend un voile opaque. Une coque invisible dure comme du mica me sépare des choses et des êtres. L'accès au monde m'est barré, bien qu'en apparence je continue d'évoluer au milieu de mes semblables, à avoir part à leur vie, à la liturgie, aux rythmes de la vie monastique. Présente et pourtant plus éloignée de tous que si j'étais sous terre. Cet état ne se dépeint pas. Je suis celle qui n'est pas — que seul le nerf de la souffrance encorde à la terre. Par quelle sombre transmutation, la peau — cet organe de la transition et du passage — devient-elle alors plus étanche qu'une chape de plomb? Sans doute cette propriété lui permet-elle de « tenir ensemble » tout le délabrement intérieur qui, sans cela, se répandrait à l'entour comme une coulée de gravats ou de limon terreux.

LA NUIT DE L'ÂME

LES complies s'achèvent. Je retourne à ma cellule. La nuit est noire. J'avais pensé dormir un peu mais le sommeil se dérobe — Dieu merci, j'ai ma réserve de chandelles sous l'oreiller. Je dois poursuivre, coûte que coûte, traverser de part en part ces zones de brûlage.

Des années durant je suis tombée dans un tel délaissement, un tel oubli, sans un mot de toi!

A l'absolue détresse s'est ajouté le poison de l'amertume.

Mes longues rêveries insidieuses, destructrices dont ne m'arrachent ni les heures canoniales, ni les tâches, ni les lectures, ni les offices!

Tu m'enterres vivante et tu t'en vas! Tu t'en vas! Tout ce qui nous appartenait à nous deux — *notre* détresse — *notre* mutilation — *notre* calvaire, tu pars en les emportant — tu m'en disputes ma part — tu me laisses sans rien de toi — tu rafles tout sans égard ni partage, sourd à mes cris. Il y a dans ton silence d'alors quelque chose de si effrayant que je n'ose pas le laisser résonner en moi. As-tu jamais mesuré l'ignominie qui avait été la tienne? Pouvais-tu alors ignorer que tu avais créé de toutes pièces une femme qui ne savait que t'aimer? Ton énergie et ton désir l'avaient fait surgir de la nuit, ton oubli la condamnait à cette existence d'ombre dont l'enfer est peuplé. As-tu pu toutes ces années ignorer mes yeux braqués de loin sur toi? Longues rêveries insidieuses, destructrices dont le poison m'envahit! Je fouine dans le passé. Souvent j'ai pensé que tu ne m'avais jamais aimée, que je m'étais trouvée sur ton chemin à une époque où le désir que tu avais des femmes te subjuguait, et que tu n'avais fait qu'assouvir sur moi ta faim de loup-cervier. Souvent j'ai pensé que la manière que tu avais à Argenteuil, lors de tes brèves et brûlantes visites, de te jeter sur moi, n'importe où, une volée de palier, un coin de réfectoire — d'anéantir sur mes lèvres tous les mots que je voulais à tout prix te dire — était brutale. Tu n'écoutais pas les prières que je voulais t'adresser mais seule la loi de ton sang furieux. Me voyais-tu seulement? En cette femelle ardente qui servait tes désirs, voyais-tu parfois se dessiner les traits d'Héloïse et ceux de notre enfant? Mon nom et le sien n'avaient-ils pas fondu au creuset de tes reins? Le désir s'était emballé et dressé entre nous comme un animal féroce? Mais ne voilà-t-il pas que je délire, que je te juge! Que dis-je là? N'ai-je pas en tout ce que nous vivions trouvé mon compte, ma folie et ma démesure? Ai-je jamais songé à entraver tes assauts, à fuir tes étreintes, à t'appeler à la raison? Je ne savais que me donner, que creuser en moi le plus profond des réceptacles pour t'accueillir. Je ne savais être que cet âtre profond dont tu fouillais comme un dément la braise. Savais-je moi-même encore mon nom, le tien, celui de notre enfant? Un mot, un seul du bénédicité? Non, je fais fausse route! Les traces de ta cruauté envers moi sont à chercher ailleurs! Le mariage que tu m'as imposé, l'exil auquel tu m'as condamnée en m'enfermant dans ce même couvent où j'avais déjà souffert enfant! La maestria de magicien avec laquelle tu m'as escamotée non seulement de ta vie aussitôt après notre mariage — mais de *la* vie — aurait dû m'alerter. Mais le pire est ce silence! Ces années de silence après le drame!

Pouvais-tu ignorer que je n'étais plus désormais sur terre que ton amante — que j'avais chassé de moi depuis longtemps toutes les Héloïse qui m'eussent permis de survivre : la studieuse, la malicieuse, celle qui adorait regarder passer la vie sous ses fenêtres, celle qui aimait à bavarder avec Louisette des mille choses de la cuisine et de l'art de guérir, celle qui se glissait dans un livre avec délice comme dans un lit, celle qui retournait les mots latins dans sa bouche jusqu'à ce qu'ils fondent, celle qui trouvait un père en Sénèque, un frère en Lucain, un ami en Ovide, celle que les hautbois et les luths faisaient vibrer! Toutes, elles avaient toutes succombé au grand carnage de la passion! Ne restait hagarde que la tienne — celle qui avait, oui, j'ose le dire, trouvé Dieu en toi! Pouvais-tu ignorer qu'elle n'existait plus en dehors de toi? Que tout son être était en toi? Que ton silence la tuait? Pouvais-tu ne pas entendre ses appels lancinants et les gémissements nocturnes qui navraient ses compagnes?

D'un jour à l'autre, tout à l'horreur que tu t'inspires à toi-même, tu pousses au néant la femme née de tes embrassements. Tu abandonnes à tes meurtriers et ton membre et la femme qu'il pénétrait — entité toute dégoulinante de sang. Ai-je percé l'atroce secret de ton silence et de ton dégoût? Comment sans cela aurais-tu pu oublier non pas Héloïse mais cette créature à deux têtes — radieuse — qu'avec elle tu formais?

Quel aveuglement, Abélard, t'a fait confondre nos embrassements et notre amour! Les embrassements sont la fournaise où Dieu travaille les métaux au fer et à l'enclume pour les faire fusionner. La forge et le feu, voilà ce que nos enlacements avaient été.

L'œuvre était accomplie — Abélard et Héloïse existaient — un corps, une âme — il n'y avait plus

rien à ajouter — pas un frôlement, pas une caresse
— rien — ils existaient.

Et pourtant je voulus y ajouter quelque chose
encore, je l'avoue — un infime codicille... un soupir... un cil : ils existaient *ensemble*.

Tu ne le permis pas.

En me délaissant, ce n'est pas seulement toi que
tu m'arrachais mais le monde.

Tout fut en un éclair anéanti. Je ne me souviens
pas, toutes ces années, avoir entendu chanter un
oiseau ni glousser la pluie dans les gouttières. Je
ne crois pas qu'on récoltât ces années-là un seul
fruit ni qu'une seule fois la cuisson du pain ait
fleuré bon dans la maison. Il n'y eut pas non plus
une rencontre, un dialogue, un livre qui un instant,
un seul, m'ouvrit le cœur.

Irréalité du monde et du destin! Une telle détresse
ne laisse aux yeux des autres pas de trace visible
— pas même le ruban visqueux que déroule le
passage d'une limace!

Dans tes errances si douloureuses de l'abbaye de
Saint-Denis à Saint-Médard de Soissons, du Paraclet à Saint-Gildas-de-Rhuys, brisé par la condamnation de tes thèses au concile de Soissons, il n'est
pas même exclu que tu te sois dit parfois : « Héloïse,

elle au moins est à l'abri de tous ces tourments! »
Peut-être ne t'es-tu rendu coupable que d'un effa-
rant manque d'imagination?

Tu vois bien, je tends tous mes efforts dans une
seule direction : trouver à l'insoutenable cruauté de
ton silence quelque circonstance atténuante, quelque
excuse. Tu vois aussi que je n'y parviens guère.
Ne m'avais-tu pas donné si généreusement à partager ton bonheur et ton lit? D'où te vint alors
cette retenue si féroce quand l'heure eut sonné de
partager avec moi ton malheur?

Et me voilà à te juger, à jauger, à fixer du
regard le fléau de la balance! Qui a pesé plus lourd
aux plateaux du désespoir? Toi? Moi? Une once
de cruauté supplémentaire ici? Un grain d'humiliation supplémentaire là? A quelles aberrations
m'entraîne ma plume!

Et pourtant quelque chose est changé — ces mots
alignés devant moi me terrifient et me libèrent :
avoir osé dire cela! Le fiel et l'amertume dont
j'ignorais qu'ils fussent encore en moi se sont écoulés
par quelque invisible fistule. La pointe de ma
plume a percé un furoncle qui lâche enfin son pus.

Je me suis jetée sur mon lit, le visage entre les
mains pour calmer ce tremblement qui a saisi tout
mon corps. Et j'ai pleuré.

C'est le phrasé doux du feu dans la chaufferette

qui m'a apaisée. Quand les bûches sont rouges, il
y a un court passage, avant de crouler, où la braise
commence de tressaillir et de parler. J'écoute alors.
J'acquiesce. Une paix profonde m'a envahie.

A l'instant où je lève les yeux vers la lucarne,
je vois s'allumer l'étoile du matin! Je cligne plusieurs fois des yeux n'osant croire à cette merveil-
leuse simultanéité! J'ai traversé vivante la nuit de
ma mémoire! Au même moment, les cloches se
sont mises à sonner.

Une grande tendresse m'a envahie pour Blanche,
la vieille moniale qui chaque nuit fixe pour nous
le firmament et guette l'instant où s'allume la
promesse de l'aube — la devinant ou la flairant par
temps couvert. Toujours nous mouchons les chandelles à l'entrée de l'église et entrons dans une
obscurité encore totale — mais à l'instant où nous
entonnons le dernier chant, la louange de Zacharie :

> « Illumine, ô mon Dieu
> Ceux que la nuit et les ombres
> Tiennent captifs! »

le premier rayon de soleil éclaire la nef!

Je te loue pour cette vie, mon Dieu, où tu ne
m'offres rien de moins chaque matin que la pos-
sibilité de renaître!

Avant de quitter l'abbaye d'Argenteuil et de
laisser définitivement derrière moi cette longue nuit
que j'y traversai alors, je veux encore évoquer la
visite que m'y rendit Fulbert.

Par un effet inexplicable, je n'eus de toutes ces
années pas une pensée pour lui : son nom, son
visage comme calcinés en moi, son souvenir, terre
brûlée. Pourtant non : car s'il advenait que son
image se glissât devant mes yeux dans quelque
scène anodine de la vie quotidienne passée, il ne
m'inspirait ni abjection ni horreur. Le maillon qui
le reliait à notre drame manquait. J'éprouve le plus
souvent pour ceux à qui une force inconnue fait
commettre des actes atroces de la compassion. Ne
sont-ils pas les exécuteurs de hautes œuvres, ceux
par qui — dans une insaisissable et scandaleuse
logique — les destins s'accomplissent? Les sacrifi-
cateurs ne se tiennent-ils pas eux-mêmes sous leur
couteau? Notre entendement est hors d'état de
saisir ce niveau de la réalité divine. Seuls nos
sentiments (l'impossibilité par exemple où j'étais
de haïr Fulbert) en soulèvent un coin de brume.
La scène :

Nous sommes au réfectoire. Une moniale lit —
comme toujours durant les repas — dans *La Vie
des saints*. Tout est fixé dans ma mémoire comme
à l'acide et au burin. C'est un épisode de la vie

de Colomban. Une sainte femme, une recluse de grande renommée a dit au jeune homme de tout quitter pour suivre le Christ. Sa mère, qui l'a tant aimé, se couche au travers de la porte pour l'empêcher de partir. A cet instant, Angèle, la portière, entre pour m'annoncer la visite de Fulbert. Je me lève : mes jambes se refusent. Deux converses sont priées de m'accompagner. Elles me soutiennent. J'avance plus morte que vive. En sa présence, toute angoisse cesse.

Il est debout devant moi, les yeux baissés. Son vaste visage criblé de vérole. Le visage de mon destin, léonin, puissant. C'est la première fois que je peux considérer ses traits en toute quiétude – le regard brûlant si difficile à soutenir est fixé au sol. J'éprouve la même gratitude que j'ai toujours eue envers les morts : pouvoir enfin les contempler sans la pénible obligation qui contraint deux êtres en présence à lier conversation!

Puis les paupières se soulèvent lentement et je rencontre son regard.

Ce n'est pas le regard que je connais.

C'est un regard apeuré où s'entrouvrent et se referment en silence des enfilades de portes. Un regard de fuite où se mêlent l'impuissance, la violence et l'imploration.

Je voudrais parler, mes lèvres tremblent. Lui aussi voudrait parler.

Et soudain le parloir s'emplit de sa voix forte

et vibrante, il s'adresse à la mère supérieure qui se tient près de la porte :

« Soyez bonne, ma mère, faites-la ramener au réfectoire. Je vous en prie! Le couloir est glacé! »

Je sais alors qu'il m'a pardonné ce qui est sur terre le plus difficile à pardonner à quelqu'un : le mal qu'on lui a fait.

Je me dégage des bras de mes compagnes, m'incline profondément devant lui et me mets à genoux.

Il pose sa main sur ma tête et nous restons ainsi un long moment.

Des jours et des jours la brûlure de ses cinq doigts reste sensible. Une couronne.

Je ne l'ai pas revu sur cette terre.

Il y eut une autre visite aussi des mois plus tard, que je n'ai pas oubliée. Une vieille femme que je n'identifiai pas tout de suite se tenait devant moi. C'est au geste qu'elle eut de palper mon corps, mes seins, sous la bure − « Un paquet d'os! » − que je la reconnus aussitôt. C'était Macrine, la sœur de Louisette, qui la secondait chez nous aux cuisines lorsque j'étais enfant et l'imitait en tout dans un registre bouffon. Elle était aussi jacassante que Louisette était silencieuse, aussi brusque dans ses gestes que Louisette était mesurée. J'appris d'elle que Fulbert l'avait recueillie ces dernières années et lui concédait contre diverses besognes pain et paillasse. « Ta perruche est morte, commença-t-elle, trouvée morte sous ton lutrin, et mort le poirier devant ta fenêtre; la première année il ne retenait plus ses poires, elles tombaient dures et vertes et couvraient le sol, roulaient sous les semelles sans qu'on puisse les écraser, des pierres, des cailloux, même qu'une fois le chanoine avait perdu l'équilibre et fait une mauvaise chute; la deuxième année c'est la floraison qu'il n'avait pas pu retenir, le poirier, la cour était jonchée de fleurs, comme à la mort d'un prince royal, on avait honte de marcher dessus tellement c'était beau; et la troisième année les feuilles n'ont plus eu la force de percer les bourgeons et le vent a cassé les branches et c'était l'hiver au printemps, ça faisait si mal à voir, comme un châtiment du ciel et le chanoine a ordonné qu'on le coupe — et même qu'en le coupant, on a endommagé la toiture et qu'un des valets qui a fait le travail s'est si méchamment blessé que tout son bras a gonflé de pus comme une outre et qu'on a cru le perdre tant il délirait — sous l'écorce qu'il disait l'arbre était couvert de peau comme une femme » — et que le pire, oui, le pire qu'elle ne savait pas si elle devait me dire et que je ferais mieux de ne pas entendre était que Louisette était morte et qu'elle s'était laissée mourir — et que quand on lui tendait de la soupe, elle suppliait qu'on la laissât en paix — et que tout doucement comme ça, devant elle, elle

avait fondu — elle était morte en fondant et elle
avait prié qu'Héloïse sa colombe n'en sût rien
puisque rien ne serait changé pour elle, sinon qu'elle
la protégerait mieux morte qu'elle n'avait pu le
faire vivante — et que c'était bien mieux ainsi — et
que de toute façon il n'y avait pas de quoi pleurer
parce qu'elle l'avait tellement aimée sa colombe,
tellement aimée que ç'avait été — même à compter
ensemble tous les malheurs — une belle, une très
belle vie, pour laquelle elle rendait grâce au Seigneur de toute son âme — et la seule chose que
ma visiteuse voulait encore savoir était si elle pouvait garder pour elle la médaille d'argent que j'avais
donnée à Louisette et qu'elle lui avait prise du cou
avant qu'on l'enterre — et qu'elle avait peur depuis
parce qu'elle souffrait de raideur dans tout le dos
et tout le corps que ce pouvait être le châtiment
pour avoir pris sans demander...

En partant elle me pria encore de lui donner
des nouvelles de notre fils. Je ne pus rien dire. Je
n'avais pas de nouvelles. Je n'avais su que le mettre
au monde. Et Milli, la sœur d'Abélard, l'élevait
comme son enfant à elle. Il trouvait tout auprès
d'elle, je crois, car je n'ai jamais entendu au fond
de moi-même qu'il m'appelât.

MÉTAMORPHOSES DE L'AMOUR

PARFOIS les catastrophes remettent en mouvement une vie qui s'était embourbée comme un charroi.

Ce fut le cas pour moi.

Lorsque nous fûmes chassées de notre abbaye d'Argenson qui, selon des droits anciens que l'abbé Suger avait réussi à faire valoir, revint dès lors à l'abbaye royale de Saint-Denis, Abélard eut vent de notre malheur. Les nouvelles circulent vite d'un monastère à l'autre. De Saint-Gildas-de-Rhuys où il exerçait la charge d'abbé et se trouvait persécuté par ses propres moines, il accourut à notre secours.

Dieu m'accorda de le revoir.

J'avais quitté un homme dans la force de l'âge. J'eus devant moi, usé par les déboires et les privations, brûlé du gel et du soleil des routes, un vieillard.

Un instant, devant l'état de délabrement physique où il était tombé, un soupçon me vint qu'il avait voulu m'épargner ce qu'il croyait peut-être une déchéance. Il n'en dit rien. Mais si j'eus raison de le penser, comme il avait mal jugé de l'amour d'Héloïse! Jamais il ne m'était apparu plus grand, plus émouvant. Même sous l'écorchement, même sous la lèpre, je l'eusse reconnu pour mien! Que pouvaient changer les années, les circonstances? Jamais mes yeux n'ont mieux traversé le brouillard des apparences. Jamais je n'ai cessé de le voir dans sa beauté et sa lumière. Non que l'amour soit aveugle comme on le prétend. Il est visionnaire. Il voit la divine perfection de l'être aimé au-delà des apparences auxquelles le regard des autres s'arrête.

Il se dégageait de sa personne une telle dignité mais aussi une telle fragilité que je fus malgré moi placée dans ma force et ma clarté.

Je devins forte, oui — et ce couvent dont il me fit présent et me confia la charge, je le portai.

Désormais je me tins là, comme on aime à représenter dans l'iconographie les princes fondateurs de monastères : une église, son église sur les bras.

Je vais créer quelque malentendu à parler ainsi! Un oratoire de roseaux et de chaume, quelques cabanes à l'entour constituèrent d'abord toute la richesse que nous reçûmes d'Abélard.

Mais il avait eu raison : notre situation de femmes seules émut les gens du pays et l'aide nous vint de toutes parts. Grâce à des amis dévoués puis à

des donateurs et à des protecteurs puissants, rien
ne nous manqua. Les visiteurs de notre Paraclet
aujourd'hui ne soupçonnent pas devant ces belles
bâtisses de pierre et les dépendances tout autour
que, voilà à peine trente ans, nous dormions sur
la terre battue et n'osions pas rêver d'un clocher!

Toi qui n'avais rien, tu nous donnas tout. Le
seul lieu où tu avais connu un court répit après le
drame du concile de Soissons et ta fuite de l'abbaye
de Saint-Denis! Le comte Thibaud de Champagne
t'avait fait don de ce morceau de terre et en
supplément de tout le sublime ciel de son pays.
Hélas, tes retraites ne furent ni jamais assez sau-
vages ni assez solitaires pour que ton renom n'y
attirât pas les foules puis les foudres. Comme un
an plus tôt au prieuré de Maisoncelles, les étudiants
accourus de Paris et des régions les plus éloignées
y déferlèrent. Les attaques ne se firent pas attendre
qui de nouveau te firent prendre la fuite vers la
prochaine étape de ton calvaire. Mais ce lieu que
tu avais baptisé du nom du Consolateur, du Saint-
Esprit – le Paraclet – devint notre refuge, notre
havre sur terre. L'avoir reçu de tes mains en faisait
le prix.

Je me suis passionnément interrogée depuis ta
mort – vingt ans déjà – sur ce qui avait pu être
la source pour toi de tant de souffrances. Le drame
qui avait été le tien, le nôtre, eût pu aussi t'assurer
des sympathies. Il n'en fut rien.

Après tant d'années de gloire, le « Prince des philosophes », le « nouvel Aristote » tituba d'un échec à l'autre, d'une persécution à l'autre. Le degré de souffrance dans l'existence ne mesure-t-il pas aussi le degré d'éloignement où l'âme est engagée? Quelle était la loi de la création, me suis-je demandé, que sans le savoir tu avais enfreinte? C'est à voir l'état de grâce et de bonheur des derniers mois de ta vie lorsque tu eus renoncé à défendre tes thèses et ton nom que j'osai me poser ces questions. Elles ne contenaient pas l'once d'un jugement, tu le sais trop bien. Tout ce que tu fus m'est à jamais sacré. Mais ne sommes-nous pas, toi et moi, toi mon maître et moi ton élève, de ceux qui sont nés pour comprendre? N'avons-nous pas le même effroi devant l'ignorance, la même soif de connaître ces lois qui nous mènent? Nuit après nuit, jour après jour, j'ai imploré plus de clarté. Je n'ai pas voulu quitter ce monde sans savoir ce qui s'y était joué et le sens à donner à toutes ces épreuves.

Je me refuse à nous considérer comme les jouets de la fatalité. Nos destins ne sont-ils pas aussi nos œuvres?

J'ai reparcouru pas à pas les étapes de ton chemin. Ta génialité t'entraîna où personne encore n'était allé. Tu crus possible de démontrer les vérités révélées de la religion. En développant au mieux toutes les capacités intellectuelles de l'homme, tu voulais glorifier Dieu qui nous en dota. L'intelligence te paraissait l'outil le plus efficace pour rendre accessible le contenu de la croyance, saisir la signification profonde des actes de foi. L'éclaircissement des mystères par la *ratio* te permettrait, pensais-tu, d'apporter à tous — et même aux incroyants — les preuves éclatantes de leur vérité. Tu ne remarquais pas que cette analyse purement logicienne, cette pensée qui procédait par dissociation progressive de la complexité avait pour effet de construire peu à peu une réalité fantôme qui se prêtait d'autant mieux à ton système d'investigation qu'elle n'en était que l'ombre portée. La foisonnante réalité du divin continuait de déborder les catégories de la scolastique, de se jouer de l'art des logiciens et de la maestria des docteurs. Ce n'était plus la réalité que tu ramenais dans les filets de ces concepts et de ces catégories mais sa défroque. Ta philosophie, je l'aurais voulue sensible, multiple, sensuelle *et* déductive, logicienne, analytique. Tu lâchas une moitié du ciel pour la seule rationalité et te pris toi-même aux filets que tu avais noués.

Tout sur terre est résonance de nos images et de nos représentations. Aux strictes catégories que tu forgeais dans ton œuvre, répondaient dans l'ordre du vécu les carcans. Partout tes pas se trouvaient entravés.

Je n'oserais plus dire aujourd'hui que tu fus victime de persécutions. Je ne vois plus la vie en terme de châtiments et d'expiations comme on me l'enseigna. J'ai ouvert les yeux. J'ai constaté que ce ne sont pas les ronces qui nous blessent mais nous qui nous blessons à elles. La souffrance morale que nous infligent les autres vient aussi du pouvoir que nous leur accordons sur nous-mêmes — et qu'à l'occasion nous avons exercé sur eux. Aussi long-temps que tu mis tout ton génie à vouloir convaincre, tu apparus menaçant à ceux qui s'abri-taient sous un autre édifice de croyances. Et plus leur retrait était apeuré, plus tu prenais à cœur de forcer leur adhésion.

La dialectique était pour toi un arsenal, les disputations des combats, les luttes intellectuelles des tournois. Tu obtenais l'admiration de tous ceux qui comme toi étaient avides d'un univers agrandi, mais les autres — tous les autres — les gardiens des antiques croyances et de l'autorité — et ceux aussi qui par piété ne voulaient pas voir la foi tirée à hue et à dia — avaient fait de toi leur cible.

Partout où tu te montrais, tu entrais en lice, tu provoquais au combat. Un combat que tu voulais certes mener dans les hautes sphères de la dialec-tique, dans le respect des strictes règles de la dis-putation — mais partout les rabatteurs autour de toi flairaient le sang. Tes reparties étaient redou-tables et redoutée la façon dont tu réduisais à néant les arguments de tes adversaires. Frappant sans pitié, tu exécutais par la seule force des mots, sans un geste, parfois sans qu'une expression ait dérangé ton visage. Ta violence à toi était d'une élégance incomparable mais jamais elle ne manquait ses cibles.

Les attaques que tu menais contre tes adversaires et celles dont tu étais l'objet t'accaparaient tout entier et te rendaient aveugle. Tu gênais le fonctionnement du pouvoir ecclésiastique, tu le touchais au nerf partout où tu pensais à voix haute. Aussi avec quel plaisir voyait-on en haut lieu que tu t'enfonçais dans des ergotages de doctrines et des querelles d'escaliers! Au lieu de mettre toutes tes forces de persuasion à réconcilier le savoir et la vérité révélée, tu t'égarais dans les labyrinthes de la scolastique et les blessures d'amour-propre. Tout fut mis en œuvre pour cliver davantage encore l'intellection et la foi, en faire des univers incompatibles, désormais ennemis. L'enjeu du drame qui se jouait dans l'Église t'échappa. Le pouvoir ecclésiastique concentrait tranquillement sa force à une tâche énorme et terrifiante · transformer une religion révélée et libératrice en tout un codex de lois et d'interdits qui prescriraient à chacun ce qu'il avait à dire, à faire, à croire et à laisser. Ton rêve de dresser contre la barbarie et la violence le rempart de l'intelligence et de la lucidité reculait vers une aube incertaine.

Partout s'est installé le démon de l'ostracisme, de la condamnation, de l'exclusion. Chacun voit l'hérésie là où un faisceau de lumière éclaire tout

juste une autre facette du diamant. Tu fus la
victime de ce démon. Et quelle victime! Deux fois
condamné – la première fois par le concile de
Soissons à brûler de tes propres mains tes livres –
et vingt ans plus tard par le concile de Sens à
renier tes thèses. Peut-on imaginer destin plus bru-
tal quand on connaît la sincérité de ta démarche?
Et pourtant, à un tout autre niveau de la réalité
divine, ma main tremble à l'écrire, n'étais-tu pas
aussi artisan de cet ostracisme? N'étais-tu pas sans
pitié envers les adversaires de la philosophie? Où
était ta vigilance quand il eût fallu enseigner à
l'investigation intellectuelle de faire halte devant le
mystère, de respecter le périmètre du silence et de
l'adoration? L'heure n'est pas venue encore où les
excès de la raison et de la dialectique font couler
le sang. Mais il se pourrait bien qu'elle sonne un
jour. Là où un accès au réel en condamne un autre
et l'exclut, la violence prend ses quartiers.

Ma fascination pour Bernard de Clairvaux t'a
fait mal. Je le sais et je le comprends. Il était ton
double – ta vivante contradiction – peut-être l'autre
moitié de ton être. Vous auriez pu être Moïse et
Aaron, le cœur et la langue de feu. Vous n'avez
été que des frères ennemis. Tu fus impitoyable
envers lui comme il le fut envers toi. Mais son
pouvoir était plus grand à l'intérieur de l'Église :
il t'infligea plus de maux. Il sut t'exécuter, sans
verser une goutte de sang, en faisant condamner

ton œuvre par le concile de Sens. Le cœur faillit
me manquer à l'apprendre.

Des années avant ce drame, il nous rendit visite
au Paraclet. Quel feu en lui! Il s'adressait en
chacun, non à l'être de chair qu'il avait devant lui,
mais à l'âme prisonnière et ivre de Dieu. Ses paroles
et sa présence grisaient. Tous les regards s'allu-
maient au tison de ses yeux. Ce n'était pas une
conversion qu'il opérait, c'était un rapt. Sa ferveur
brûlait! Mais ne crois pas que toutes ses visions
étaient les nôtres! Cette croisade qu'il devait prêcher
plus tard, aventure excentrique qui nourrit la
conquête et le pillage, avec quelle détermination je
la rejette! Quel aveuglement que de chercher dehors
ce qui est dedans! Comment feindre d'ignorer que
le tombeau à arracher aux Infidèles n'est pas à
Jérusalem mais en nous? Christ, plus de mille ans
après sa mort, est toujours le captif non d'un
lointain sépulcre, mais de nos cœurs de pierre!
Autant je chéris le feu qui nous brûle, autant
j'exècre celui que nous allumons en terre étrangère!
Autant j'aime les batailles que nous gagnons contre
notre torpeur et notre indifférence, autant j'abomine
celles que nous livrons à autrui!

Entre les systèmes d'Abélard et les anathèmes
de Bernard, la rigueur du premier et la ferveur de
l'autre, il eût fallu construire des passerelles. On a
creusé des gouffres. Là où un dialogue sensible,
ardent, patient entre deux forces d'égale dignité

eût tout changé, notre siècle n'a su que croiser le
fer et déraper dans le sang.

Ce qui nous manque le plus cruellement aujour-
d'hui c'est la qualité du féminin. Si nous n'y
prenons garde, la religion va devenir une machine
à raisonner droit. Ce langage partout crissant d'anathèmes! L'Église a raté sa chance de rester femme :
fervente, accueillante, féconde. Elle a raté sa voca-
tion d'Épouse du Christ. Le Cantique des Cantiques, tu l'as lu en prophète, Bernard de Clairvaux,
moi je l'ai lu en amante!

En rejetant les femmes et l'amour, vous avez
rejeté hors de vos institutions et de vous-mêmes la
qualité du féminin. Et toute violence a sa source
dans cette violence que vous avez fait subir à vous-
mêmes. J'appelle féminin cette qualité que la femme
réveille au cœur de l'homme, cette corde qui vibre
à son approche. J'appelle féminin le pardon des
offenses, le geste de rengainer l'épée lorsque l'ad-
versaire est au sol, l'émotion qu'il y a à s'incliner.
J'appelle féminin l'oreille tendue vers l'au-delà des
mots, l'attention qui flotte à la rencontre du sens,
le palpe et l'enrobe. J'appelle féminin l'instinct qui
au-delà des opinions et des factions flaire le rêve
commun.

Plus l'Église met en garde contre les femmes,
plus elle se prive de l'énergie conciliante qu'elles
répandent, plus elle s'éloigne de la source de vie.
La guerre impitoyable dans laquelle elle s'engage

pour des siècles peut-être est sans issue. La force de l'amour ne se peut briser. Elle subsistera sous la réprobation et le rejet comme elle subsiste sous le viol, la brutalité, la gauloiserie et les ricanements. Sous toutes les humiliations qu'on leur fait subir, les femmes continueront par la nature même de leur être d'appeler l'homme à l'amour. De même qu'on peut détourner les yeux du soleil, se bander les yeux devant lui mais non pas l'éteindre, on peut frapper l'amour d'opprobre mais non réduire sa force. Seuls le rituel d'attente et d'approche, le merveilleux cérémonial dont les cultures se parent et s'honorent à juste titre sont anéantis. Le monde, la société en sont assombris et l'homme réduit à l'état de brute. N'est-ce pas assez de destruction? Mais l'amour reste intact sous les gravats.

Sans sa révélation, rien ne m'eût fait lever la tête ni prendre conscience de cette royauté qui est la mienne. J'ai eu tant de bonheur à être femme! Comment aurais-je douté du caractère divin de la métamorphose qui s'opérait en moi et autour de moi? L'amour transforma mon corps et mon âme. Tout devint d'une telle finesse, d'une telle qualité de résonance! N'étais-je pas, Dieu, ta harpe aux mains d'Abélard? J'appelle le féminin cette musique.

Sous les plombs du malheur, sous le sel séché de l'amertume, sous la chape d'une morale étran-

gère à mon expérience, je n'ai pas renié la révélation
que j'ai eue. J'en suis la mémoire et je témoigne.

D'où vient votre haine? Hommes de mon siècle
et hommes d'Église, pourquoi méprisez-vous celles
qui vous ont conçus, portés, celles dont les mains
ont reposé sur vos fronts aux nuits brûlantes de
fièvre de votre enfance, celles qui tissent et cardent
vos vêtements et vous nourrissent, celles qui vous
assisteront à l'heure de mourir, vous fermeront les
yeux et vous coudront dans vos linceuls, celles qui
tiennent du sensible et du palpable leurs connaissances, celles qui deux fois vous mettent au monde :
en mère d'abord puis en amante?

Souvenez-vous que c'est aux femmes tout
d'abord que le Christ ressuscité s'est montré — et
non aux hommes : eux l'avaient trahi, frappé, jugé,
crucifié. Son premier mot, le premier mot de Christ
Pancreator, du Christ en gloire est « Femme »!
« Femme, pourquoi pleures-tu? » et « Pourquoi
cherchez-vous parmi les morts celui qui est vivant? ».

C'est à elles qu'il annonce en premier la bonne
nouvelle. Les voilà part désormais de la victoire de
la Vie sur la Mort!

Seule l'Église cherche encore le Christ sur la
croix et dans le sépulcre! Les apôtres, eux, ont été
bouleversés par la nouvelle que les femmes leur
ont apportée et se sont précipités pour voir! et
saint Luc a une phrase qui toute ma vie m'a fait

tressaillir à la lire, à l'entendre : « Ils ont trouvé les choses comme les femmes l'avaient dit. »

A comparer le discours qui règne dans les disputations, les conciles et même les offices — et les mots que tu avais toi, Abélard, pour parler des femmes dans tes sermons au Paraclet, ma joie est grande. Tu étais le seul à trouver des termes pleins d'égards et de délicatesse, à t'indigner du mépris que pompes et solennités leur témoignaient, à rappeler la tendresse du Christ envers elles. Il était clair malgré les diatribes contre la chair dont tu m'avais gratifiée dans tes lettres que la subtile alchimie de l'amour humain avait agi sur toi.

C'est à toi que nous devions tout, Abélard, et c'est de toi que nous voulions tout : la règle de notre couvent, nos chants, nos litanies, nos prières, nos lectures.

Aujourd'hui encore, au Paraclet, la journée se déroule selon le rythme que tu nous as donné. Sept fois par jour, nous chantons la louange du Seigneur aux heures que tu as calculées pour nous, attentif à l'alternance la plus favorable de la veille et du sommeil et aux variations des saisons. Chaque jour que Dieu nous donne, je préside la liturgie que tu as réglée, je chante les hymnes que tu as composées pour nous. Ma vie est portée par ta présence.

Oui, j'exigeais tout de toi puisque je ne pouvais

plus rien avoir. J'exigeais de toi — puisque ton corps m'était interdit — que ta présence m'emplît tout entière. Aussi devins-tu notre maître spirituel et quel maître!

A relire tes leçons et tes sermons, je m'émerveille de la beauté que revêtait ton enseignement sous la contrainte où tu étais de nous expliquer le plus simple! Tes pages sur « notre pain quotidien » par exemple comptent parmi ce que tu as écrit de plus beau. Ta profondeur, le chatoiement de tes associations, cette manière de mettre en relation des choses que personne encore n'avait rapprochées, d'arracher les mots à leurs entraves et de les disposer d'une façon qui les rendait libres, tout cela mettait l'esprit le plus paresseux en mouvement. Quelque chose de ton intelligence jaillissait sur chacune. Tu ne séduisais pas comme le faisait Bernard, tu ouvrais à l'esprit.

Ainsi peu à peu, grâce à ton aide, je devins vraiment cette abbesse que tu avais cru que j'étais...

Car tu avais pensé à tort que ma conversion était déjà opérée, que ces années de séparation avaient subtilement agi et modifié ma nature et que mon amour pour toi s'était transformé en dévotion. A ta grande stupéfaction, à ton effroi, tu vis qu'Héloïse n'avait rien fait sur terre que pour te plaire et ne connaissait toujours pas d'autre seigneur et maître que toi. Avais-tu pu croire vraiment que ton amante eût changé? Renié son amour?

Qu'elle existât autrement que de toi et par toi?
Quelle inconscience que la tienne! Je t'écrivis
quelques lettres brûlantes afin que les choses fussent
claires et que tu cesses de me chercher où je n'étais
pas. Les réponses qui me parvinrent étaient quelque
peu torturées. La démesure de ma passion te donnait du fil à retordre! Mais si mon attitude ne
répondait en rien à ton attente, tu eus du moins
la grandeur de ne pas m'en faire reproche. Mon
intensité et ma sincérité t'inspiraient du respect.
Me sentant acceptée, je pus doucement, tout doucement, lâcher prise.

J'avais attendu longtemps, si longtemps que tu
me justifies ton silence de tant d'années! Tu me
devais tant d'explications! J'avais tout au long de
mes insomnies ciselé tant d'insidieuses, d'impé-
rieuses questions! Mais voilà que lorsque je me
tenais devant toi, tout ressentiment était mort. Je
ne savais plus que t'aimer. Qu'aurais-je pu encore
te reprocher?

Le rêve que nous avions caressé de te garder
auprès de nous comme supérieur de notre couvent
fut vite et cruellement brisé. Les insinuations mal-
veillantes qui te parvinrent de haut lieu te tou-
chèrent au vif. Tu rejoignis ta terrible abbaye bre-
tonne. Plus tard, après la chute de cheval qui te
rendit infirme, tu repris ton enseignement à la
Montagne Sainte-Geneviève, soulevant les mêmes
tempêtes et les mêmes enthousiasmes qu'autrefois.

Aussi tes visites au Paraclet étaient-elles rares et
brèves. J'enviais les pouvoirs de Scolastique, la sœur
de saint Benoît qui, pour retenir son frère bien-
aimé une nuit de plus auprès d'elle, savait faire
éclater de terribles orages. Pourtant tes longues
absences n'en étaient plus : tout ici à chaque instant
nous parlait de toi. Je vivais en toi et je tremblais
pour ta vie. Tu me fis même reproche de te retenir
sur terre par l'ardeur de mes prières alors que tu
en appelais de plus en plus souvent à ta délivrance.
J'en avais conscience. Mais je te l'avoue : je n'avais
pas encore la force de te laisser aller. Tu me devais
encore sur cette terre la sollicitude d'un frère, d'un
époux et d'un maître spirituel. Ne me voulais-tu
pas la digne abbesse de ton Paraclet? C'était une
œuvre à laquelle il te fallait encore travailler. C'était
tant pis pour toi.

Je ne savais que t'aimer, que t'accueillir de tout
mon être. Et en moi, subtilement, cet amour se
transformait.

Ton corps était si blessé, si écorché, que tu ne
supportais pas qu'on t'effleurât, qu'on posât la
main sur ton bras. J'appris sans te toucher à te
bercer, à répandre sur toi la bénédiction de l'amour.
Nulle part je n'étais plus chaste d'intention et
d'imagination qu'en ta présence.

Je narre tout cela comme si ç'avait été la chose
la plus simple du monde — et dans un sens — bien

que ce procès durât de longues années, ce fut la chose la plus simple.

Chaque fois que je m'agenouillais devant toi pour laver de tes pieds la poussière du chemin comme je le faisais, abbesse, pour chaque visiteur, j'avais conscience que le seul contact que je pouvais espérer sur terre avec ce corps tant adoré était dans ce geste — dans ce geste seul.

Et voilà — par la grâce de Dieu — que ce geste me rassasiait!

Même si mes rêves continuèrent ma vie durant d'être fiévreux, dès que j'étais en ta présence, une ardente pudeur me saisissait. Et mon corps, après les heures passées avec toi, se trouvait aussi affiné, aussi ennobli qu'autrefois après l'amour.

Il y eut dans ma vie deux transformations radicales de tout mon être. La première c'est la passion qui l'opéra, la deuxième fut l'acceptation de notre destin.

Cette deuxième transformation ne ressemble en rien à la première. Son procès pourrait se comparer à l'ébullition de l'eau. Longtemps après qu'on a posé la bouilloire sur l'âtre, rien ne se passe. Et pourtant la chaleur du feu agit continuellement et sans relâche. Soudain sans qu'apparemment rien de nouveau ne se soit produit, le premier frisson crêpe la surface de l'eau. Si la première transformation est de la nature brutale de la foudre qui frappe, la seconde est semblable à ce que j'ai décrit.

Pendant longtemps la souffrance n'a pas cessé de me chauffer à blanc sans que rien ne soit modifié dans mon existence. Et soudain, un changement radical s'opéra : l'aptitude à souffrir me fut ôtée. Oui, je crois que l'expression est bonne : l'aptitude à souffrir me fut ôtée! Ce ne furent pas les événements ni les conditions de mon existence d'alors qui furent changés mais ma seule manière de les appréhender. J'ose à peine dépeindre cet état qui est le mien jusqu'à ce jour tant il paraîtra irréel à ceux qui ne l'ont pas connu et qui macèrent encore dans la douleur.

Tout se passa comme si, après une longue cécité, je recouvrais la vue. Chaque nœud de bois me surprenait, les aspérités du mur, les traces du ciseau des tailleurs de pierre aux linteaux, les coups d'enclume qui étoilaient aux portes la ferronnerie, la fine ciselure des feuilles d'aneth, la couleur jaune... Je m'aperçus que jusqu'alors je n'avais rien vu de ce qui m'entourait. Un émerveillement commença dès lors qui n'a plus cessé depuis.

Comme ces choses se disent banalement qui bouleversent une vie de fond en comble! Comme les mots sont impuissants à exprimer une réalité où rien n'est modifié d'un iota sinon la lumière qui la baigne!

Je te sais heureux, Abélard, dans l'éternité qui est la tienne. Je n'attends plus rien. Je n'ai plus rien à craindre ni à espérer. Je n'ai plus besoin d'événements pour remplir ma vie. Ce qui *est* à chaque instant est amplement suffisant à mon bonheur — moisson d'une richesse inespérée. Ce qui se présente est désormais ce que je souhaitais sans le savoir. Et puisque je n'attends personne, chacun est toujours celui dont la venue me comble.

Plus je vieillis, plus je suis heureuse. Sans raison apparente, pensera-t-on — oh non, les raisons sont innombrables. J'ai mis si longtemps à les voir! Je regardais dans la direction d'où elles ne venaient pas, où mon esprit voulait les forcer d'apparaître. Tandis que leur foule nombreuse se massait dans mon dos, je me lamentais de ne rien voir venir. Mes fixations se sont lassées, portes et fenêtres se sont ouvertes. Non seulement le présent en est changé mais le passé lui-même déplace ses accents, s'allège. Cette richesse fabuleuse qu'il m'a été donné de vivre sur terre, pourquoi m'emplirait-elle de regret et non de joie? Cet amour dont j'ai bu la coupe jusqu'à la dernière goutte, pourquoi gémir de l'avoir perdu plutôt que jubiler de l'avoir eu? Que de choses dont seule la privation m'avait hantée jusqu'alors et dont je m'émeus aujourd'hui de les avoir connues!

Une tempête de neige s'est levée tandis que j'écris. L'hiver est d'autant plus hargneux qu'il sent ses jours comptés. Un vent violent fait grincer les serrures, affûte ses lames sous les portes. J'ai ramené mes pieds glacés sous mes fesses. Ils se réchauffent doucement, ou peut-être ne font-ils que s'endormir?

Inutile de me coucher, je ne trouverai pas le sommeil. La tempête a secoué de moi toute fatigue comme elle secoue notre maison. Tout vibre d'éveil en moi et ma plume refuse de s'arrêter.

Voilà quelques jours un légat passa la nuit au Paraclet. Il était porteur d'un trésor qu'il avait mission de descendre vers Rome : une copie illustrée de miniatures, originaire de Gand ou de la bibliothèque de Lucques; l'œuvre d'une sainte femme nommée Hildegarde de Bingen. Les papes, les empereurs, les rois et les princes viennent chercher conseil auprès d'elle. Ce sont les visions qu'elle reçoit et qu'elle transcrit en images et en mots selon l'ordre qu'elle en a reçu, qui l'ont rendue célèbre au-delà des frontières de Germanie. J'eus le privilège de feuilleter cette œuvre intitulée le *Scivias* (« Connais les voies divines ») dont la splendeur iconographique me tint fascinée. Chaque illustration est un foyer d'énergie qui brûle les doigts. Une phrase de son beau latin vigoureux, balafré

de germanismes, me sauta aux yeux. Je demandai
au légat la permission de la recopier — mais, se
cramponnant à deux mains à son trésor, ce drôle
ne voulut pas le lâcher un seul instant. Aussi je
cite de mémoire : « Quand Dieu eut créé Adam,
Il lui envoya un rêve afin qu'il connût l'amour et
fût empli de sa lumière... Mais quel désespoir à
son réveil d'avoir à émerger de son rêve. Dieu prit
pitié de lui et donna une forme à l'amour qu'Il
lui avait fait éprouver et la forme qu'Il lui donna
fut la femme. »

Quand le légat se fut retiré, je tentai de transcrire
ces mots. Je tremblais en les écrivant. Une femme
les avait écrits qui avait reçu des anges l'injonction :
« Transcris les choses que tu vois et que tu entends! »
Cette pensée me bouleversait.

Quelques semaines plus tard il y eut un autre
épisode encore qui me donna du bonheur : le
dialogue que j'eus avec un vieux Juif en route vers
Avignon et qu'une mauvaise chute à proximité de
notre couvent retint deux jours chez nous. Mes
connaissances de l'hébreu et l'amitié que m'inspirait
ce juste lui délièrent la langue. Nous parlâmes du
Talmud, de la Michna, du Midrach, et de ce verbe
en mouvement qui se recrée de bouche en bouche.
« Nous serions morts de froid et de désespoir depuis
longtemps, me disait-il, sans ce dialogue échauffé

que nous menons jour et nuit avec... Béni soit Son nom! » Cette parole exigeante, harcelante, amoureuse, impossible à décourager, comme je la préfère aux disputations doctrinales dont résonne aujourd'hui notre Église!

Je ne sais rien de plus émouvant que d'entendre soudain, dans une autre langue, dans d'autres métaphores, dans l'organisation d'un autre imaginaire, une conviction qu'on a toujours eue, affleurer soudain d'une manière inattendue!

Ainsi j'appris que l'homme ne peut franchir seul la dernière des sept portes de la Jérusalem céleste. N'ont accès au Secret des Secrets, à la *Klala Dekola* — au principe universel qui résume toute réalité passée, présente et à venir — que le « deux fondu dans le un » — l'homme *et* la femme. C'est en *l'épousant* que l'homme relie l'intérieur à l'extérieur, le visible à l'invisible, l'évidence au caché, l'apparence au sens. De l'union des deux souffles s'élance le souffle suprême. Heureux ceux qui réalisent l'unification de ce qui était séparé, qui deviennent le lieu de la Réconciliation et de l'Étreinte!

J'entends les érudits me dire que ce procès doit être pris au sens figuré comme une alchimie intérieure.

Mais quelque chose en moi, têtu, résiste! Et si ce sens figuré n'était qu'une esquive? Si cette fusion était à prendre à la lettre?

Ah, quel branle-bas! Quel tohu-bohu! Combien de saints, de philosophes, de sages barbus, de cabalistes et de prophètes vont se cogner le nez aux portes closes!

Je te vois, Abélard, faire les cent pas devant le septième palais. Tu m'attends. Tu comprends enfin ce que tu ne voulais pas savoir!

RETOUR D'ABÉLARD

CE jour-là, le monde ne tient pas en place : le printemps exulte. Les hirondelles tout juste arrivées crient leur gratitude à retrouver leurs nids. Quel remue-ménage autour des granges, de la métairie et dans le verger proche! Et cette odeur aux narines quand la terre se réveille, grasse et vivante! En une nuit, les véroniques ont bleui le pré devant l'église et de larges colonies de pervenches ont envahi les talus. Tous mes sens sont alertés, baignés de bleu lorsque s'avance vers moi un jeune moine qu'on m'envoie de Saint-Marcel pour m'annoncer ta mort.

Le monde tangue.

Ta mort est bleue et je m'y noie.

Longue y est ma descente dans un silence de fin du monde.

Puis un premier cri d'oiseau me raie les yeux. Les pommiers bleus s'alignent à nouveau le long du sentier — la murette bleue où je m'appuie

ordonne ses pierres. Au-dessus de nos têtes, deux
grands hérons cendrés dessinent de vastes cercles.
Je les regarde tournoyer jusqu'à ce qu'ils dispa-
raissent derrière les ormes.

En cet instant seulement les larmes jaillissent de
mes yeux, des larmes brûlantes que je laisse couler
jusqu'aux coins de la bouche et que je bois.

J'ai passé toute la nuit à interroger ce jeune
moine. Son nom est Théobald. J'ai tiré de lui tout
ce qu'il savait sur tes derniers jours au couvent de
Saint-Marcel. Sans cesse les mêmes questions, sans
cesse les mêmes réponses — et chaque fois l'espoir
qu'un détail pour moi précieux s'y ajoute encore.

Cette brûlure au cœur, ce reste de désespoir
lancinant ne m'ont pas été épargnés : tu ne m'as
pas fait appeler — tu n'as pas voulu Héloïse dans
l'intimité ultime de ta mort!

Je me suis reprise. Mon sang a cessé de cogner
aux tempes — mon peu de foi m'est apparu.
Comment l'espace eût-il pu nous séparer? A quoi
bon envoyer chercher celle qui est déjà en toi?

De même, la question angoissée qui n'a pas
manqué de fuser : et qui guidera désormais mes
pas? a eu sa réponse : une sensation de paix et de
douceur dans tout ce corps me disait : tu n'es pas
seule.

Toutes mes poussées de fièvre, mes perturbations

se reflétaient aux yeux ébahis de Théobald – grande était son angoisse devant tous ces abysses remués en une femme et son impuissance à m'apporter du réconfort. Pourtant c'était cet état d'alerte dans lequel il se trouvait plongé qui me touchait et m'apaisait.

Ces scènes qu'il m'a décrites, je les vois, les yeux fermés, dans leur moindre détail.

Ta faiblesse est extrême en ces dernières semaines. Deux frères convers te portent aux offices. Tu les pries le plus souvent de te laisser soit à l'église soit au cloître où l'écho des chants te parvient. Tu restes assis le jour, les yeux grands ouverts, sans un mot. Jamais tu ne parais t'assoupir. Tu es trop faible pour parler ou pour tourner les pages d'un livre. Mais chacun aime à se tenir près de toi tant l'énergie qui se dégage de ton être élève et réconforte. Ainsi celui dont les paroles ont attiré de tous les horizons tant de disciples les tient-il encore fascinés dans son silence!

Lorsqu'il a appris ton état de faiblesse, Pierre le Vénérable t'a fait porter à Saint-Marcel, le seul couvent d'Occident où se pratique le *laus perennis,* la louange perpétuelle. Vingt-quatre heures de chants et de prières ininterrompues. Trois chœurs se relaient jour et nuit. Peut-on rêver d'un meilleur lieu pour y mourir! En fin de vie, la traversée solitaire de la nuit devient interminable. Veille et sommeil ne se distinguent plus. Quelle grâce que de se trouver porté sans relâche par la présence et le chant des frères! « Reste auprès de nous, Seigneur, la nuit tombe! »

Le chagrin en moi n'a d'égal que la poignante douceur qui m'envahit à te contempler ainsi. Une telle qualité de réconciliation émane de toi!

On t'a étendu à terre sur un cilice marqué d'une croix de cendre. Aux coups répétés de crécelles, l'entière communauté s'est réunie autour de toi. Soutenu par deux frères, tu as donné à chacun un baiser de paix. Le semainier a oint tes yeux, tes oreilles, ton nez, tes lèvres, les mains, les pieds, l'aine et les reins, non pour les laver de leurs péchés comme le veut la liturgie mais — je le vois à la qualité de lumière qui se dégage de la scène — pour replacer dans l'orbe de la bénédiction et réconcilier avec toi-même avant que la mort ne vous sépare — ce corps sublime et martyrisé. Après avoir dit le credo et reçu la communion, tu es entré en agonie — une agonie aussi sereine que ta vie a été tourmentée. Le plus vieux des moines a commencé de lire à voix haute les Passions. Mais il a cessé sa lecture bien avant que la mort ne survienne : ton visage irradiait ce que de l'autre côté de la nuit tu étais désormais seul à voir.

Ce passage où tant d'âmes se voient réclamer par les invisibles gardiens un haut, un terrifiant péage, tu le traverses dans la paix et le silence.

En ce lieu exact où mon récit est parvenu, a

basculé pour toi l'univers. Tu as écarté le lourd rideau des apparences − tu as dépassé le monde des ombres et des figures vers la lumière du plein midi.

Les mots ne disent plus la plénitude où tu entres. Qui la décrirait? Qu'ajouter encore quand celui qui croyait mourir se voit naître, quand ce qu'il tenait pour la réalité s'avère un rêve fruste et ce qu'il appelait la vie une antichambre obscure?

A l'instant où tu pénètres dans cette zone de réverbération que le regard humain ne soutient plus, tous ceux qui assistent à ta délivrance en reçoivent le reflet. Il est encore aux yeux de Théobald et emplit les miens dans la bénédiction de son récit. Puis quand le jour a commencé de poindre, un soupir a défait les liens qui te retenaient encore. Ton corps est demeuré sur la grève.

Dans l'immensité où tu te meus désormais, ce fragile esquif n'est plus d'aucun secours.

Ce sont les mots de Théobald − les mots que je lui fais répéter pour le moins dix fois jusqu'à ce que le sommeil me l'enlève sous les yeux au beau milieu d'une phrase! Je le couvre de son manteau. Endormi, il semble un enfant.

Assise auprès de lui, je le contemple. Plus mon attention sera soutenue, plus elle m'épargnera la dérive du deuil et de la souffrance. Pourtant les images qui commencent de défiler devant mes yeux

sont claires et vigoureuses : elles replacent la nébu-
leuse des événements dans la trajectoire d'un destin.

Il était long le chemin qu'il t'a fallu parcourir
jusqu'à l'ultime simplicité! Long le chemin depuis
l'époque où tous se pressaient pour venir te voir
et t'entendre au cloître Notre-Dame ou à Sainte-
Geneviève, quand l'éclat de ta beauté, ta maestria,
tes prouesses verbales, ton génie insolent drainaient
vers toi et la gloire et l'amour jusqu'à ces jours de
fiel et de cendre où le vieil homme rejeté par tous
s'achemine vers Rome pour réclamer sa réhabili-
tation et trouve en chemin non pas la justice
humaine mais la miséricorde divine – non pas la
réparation des offenses mais le pardon!

Parti pour une dernière joute oratoire, bardé
d'arguments irréfutables et de raisonnements, mais
exténué jusqu'à l'os, enviant les morts déjà morts,
te voilà pris aux rets du silence! Dieu en se refusant
d'entendre les mots de ta bouche te contraint d'apprendre la langue qui n'a pas de mots.

Chaque fois que nos plans se sont trouvés cruellement contrariés, n'avons-nous pas été avec une
violence insoutenable jetés en Dieu?

Et tu apprends – en fin de voyage – après tant
de souffrances, de coups donnés, de coups reçus,
de batailles gagnées et perdues – l'ultime reddition
de l'amour.

Le vieux lutteur qui fut de tous les tournois de
son siècle et frappait d'estoc et de taille, le ferrailleur

aguerri, redouté, parfois glorieux, plus souvent contraint de mordre la poussière – rend les armes. Devant cette scène, comment mon cœur ne se brise-t-il pas? Je sens l'intolérable souffrance du vieux guerrier! Cet instant affûté comme une lame de rasoir où la lutte d'une vie entière converge vers la conscience de l'échec! Abélard, ton Golgotha! Ta solitude! Instant-glaive où tout est sacrifié, perdu.

Alors se produit devant les portes de Cluny ce que l'imagination ne peut donner : en accueillant avec amour et respect le fuyard harcelé que tu es, Pierre le Vénérable brise l'étau de fer dont tu protégeais ton cœur. L'impossible a lieu.

Un homme avec sa chair et ses os et toute son histoire d'homme passe par le chas d'une aiguille! L'avant, l'après sont désormais deux univers séparés – la mort – la mise à mort – est traversée. D'autres yeux s'ouvrent sous tes yeux brûlés. Ce sentiment que TOUT t'a été arraché est le signe divin que TOUT peut commencer – désormais la souffrance a perdu son fiel et son venin. La part en toi qui par son aptitude à l'humiliation et à la douleur barrait passage à l'Être est abolie.

Voilà qu'on sonne les laudes et qu'il dort toujours profondément, mon jeune messager de mort et de délivrance! Je n'ai pas le cœur de le réveiller. Je le regrette plus tard. Jamais notre communauté n'a chanté de cette manière. Nos propres voix que nous avons peine à reconnaître nous ouvrent le ciel.

Et quand nous entonnons les lamentations de David
sur Saül, une des hymnes que tu as composées
pour notre Paraclet et que j'aime tant, pas une
dont le visage ne soit baigné de larmes.

Une autre merveille m'attend.

Quand je pousse la porte du scriptorium pour
m'isoler un moment avant les primes, un parfum
m'enveloppe que de ma vie je n'ai jamais respiré
et que je ne sentirai plus jamais sur terre : un
indescriptible mélange de myrte et de rose.

Tu es revenu m'embrasser.

Quelques mois plus tard, le 16 novembre de
l'an 1142, il y eut un autre retour encore.

Pierre le Vénérable me ramena ta dépouille.

D'Espagne où la nouvelle de ta mort lui était
parvenue, il m'écrivit une lettre que j'ai depuis
relue chaque matin où il promettait d'acquitter
envers deux êtres dont le destin l'accompagna depuis
sa jeunesse — ce tribut de sa vénération.

Toute la nuit qui précéda sa venue, je la passai
en prières — impatiente comme une fiancée. Le vent
ébranlait la maison. Impossible de faire du feu.
Après les laudes, ne tenant plus en place, je me
suis élancée à sa rencontre — à ta rencontre — sur
un tapis crissant. Le vent faisait courir les feuilles

mortes devant moi comme un troupeau lâché. Une
telle force, un tel élan m'habitaient! C'était comme
si j'avais été captive jusqu'alors et que les lieues
enroulées dans mon ventre comme le fil d'un éche-
veau se défaisaient. Il me semblait, oui, que je
n'avançais pas sur le chemin mais que c'était ma
course qui l'engendrait, le faisait surgir au fur et
à mesure, avec ses talus, ses méandres, sa poussière
cendrée, le frisson roux des feuilles soulevées.
L'ivresse d'aller à ta rencontre, Abélard, m'em-
portait. Je ne marchais pas. Une force était lovée
dans mes entrailles. Et plus j'allais vite, plus mon
souffle s'apaisait, s'amenuisait jusqu'à devenir tout
à fait inaudible, imperceptible.

Ce n'est qu'après une lieue pour le moins que
me vint soudain la conscience de l'incongruité de
mon comportement. Une abbesse se doit d'accueillir ses visiteurs aux portes de son couvent et
non au hasard des grands chemins! Mais cette
pensée ne me retint guère. Il était clair — comme
j'en eus dans ma vie plusieurs fois le signal — que
quelque chose était à l'œuvre qui débordait la vie
apprise, me débordait, quelque chose de plus grand
que les lois.

Quand le charroi m'apparut au loin, entre deux
rangées de peupliers que le vent agitait comme des
flambeaux, je m'arrêtai et demeurai enracinée au
bord du chemin jusqu'à ce qu'il fût à ma hauteur.
Et bien qu'il ne m'eût jamais encore vue sur

cette terre, Pierre le Vénérable fit arrêter les chevaux et descendit de voiture. Je voulus m'agenouiller devant lui. Il ne le permit pas. Il me serra dans ses bras et me bénit. Depuis tant d'années le premier enlacement! Tout le désespoir encore durci quelque part en moi se trouva dissous. Une douceur m'envahit. Une tendresse que je ne puis décrire.

« Je vous ramène, comme je vous l'ai promis, le corps de l'homme qui vous appartient. »

C'était la phrase qu'il m'avait écrite. Je l'entendais de sa bouche.

Pierre le Vénérable était l'âme la plus haute qu'il m'ait été donné de rencontrer. Même ses ennemis, même ceux qu'ombrageait la grandeur de Cluny, parlaient de lui avec respect : il réveillait en chacun le plus haut. Aussi longtemps qu'il se tenait là, les dagues restaient aux fourreaux, les factions en présence ne trouvaient plus à formuler ce qui un instant plus tôt les séparait encore si violemment.

On raconte qu'aux cérémonies de la succession d'Hugues II, qui n'avait régné que quelques mois sur l'empire clunisien, entra dans la salle capitulaire un jeune homme nommé Pierre de Montboissier. Rien ne le distinguait de la foule des moines et des prieurs venus de tous les horizons. A peine eut-il franchi le seuil que tous s'écartèrent et qu'on le mena tout droit au siège abbatial. Certains nient cette histoire et expliquent la nomination de Pierre le Vénérable par la logique des intérêts du pouvoir et de l'Église et la nécessité d'une politique conciliante après la violence des affrontements internes. Les deux histoires sont vraies comme toujours et ne s'excluent pas. Elles se déroulent seulement à des niveaux différents de la réalité. Cette multiplicité des niveaux dérange les âmes peureuses. Plus une version de la réalité est basse et simplificatrice, plus elle apparaît vraisemblable au plus grand nombre. Mais la vérité de la feuille n'exclut pas celle de l'écorce, ni la vérité de l'aubier celle des racines, ni la vérité des bourgeons celle du fruit, ni le jeu de la lumière entre les branches la vérité de l'ombre! Ma pauvre existence écorchée par la séparation exclut-elle la flamboyante réalité de ma passion? Ma vie d'abbesse vouée à tant de responsabilités diverses exclut-elle la contemplation? Et ma réalité de femme livrée pieds et poings liés à l'homme que j'ai aimé, mon avancée lumineuse vers ma délivrance?

Lorsque, atterré par l'inextricable complexité du réel, notre esprit se met en mouvement pour y mettre de l'ordre, un carnage se prépare!

Que l'existence humaine puisse vibrer simultanément à tant d'amplitudes diverses, n'est-ce pas miracle? Comparé à cette richesse hallucinante des niveaux de conscience, chaque prodige n'est-il pas une bille, une toupie, une poupée de chiffon que Dieu nous jette, enfants que nous sommes, pour

nous arracher à nos torpeurs? Je tente parfois de
faire comprendre à mes filles aimées, si avides de
prodiges, que les vrais miracles ce sont elles.

Tandis que j'écris, la scène glisse sans effort
devant mes yeux.

Je le vois, ce jeune homme qui s'avance dans la
foule des moines. Il n'attend rien mais il est ouvert.
Il ne veut rien mais en lui la volonté de Dieu peut
s'accomplir. Tout en lui est silence, mais les cordes
de son instrument sont tendues, prêtes à vibrer au
moindre affleurement. Il est vide. Il a libéré en lui
tout l'espace. Il peut servir au divin de résonateur.

Et voilà que ce même homme est devant moi
dans un tourbillon de feuilles mortes qu'une rafale
a soulevées.

Et le monde tout à l'entour est oublié.

De l'entière réalité, ne reste à la pointe d'une
aiguille que notre rencontre.

L'admiration qu'il t'a portée, l'émotion qu'il a
ressentie tout jeune homme en apprenant notre
destin lui ont fait placer d'emblée dans l'orbe de
la plus haute exigence le couple scandaleux que
pour d'autres nous avons été. Aussi accueille-t-il à
Cluny avec vénération ce moine compromettant
pour tout autre, atrocement mutilé pour l'amour
d'une femme, deux fois accusé d'hérésie; il le sauve
in extremis de l'excommunication. Il sait que la
cruauté de son destin n'a qu'une cause : un regard
qui porte trop loin.

Irréalité de l'existence.

Voilà vingt ans que j'ai pris le voile en pleurant comme s'il s'était agi d'un châtiment.

Aujourd'hui je me retrouve assise sur le banc d'un charroi, simple amante, abbesse du Paraclet et servante, aux côtés de Pierre le Vénérable, maître et seigneur sur plus de mille couvents, l'homme le plus puissant de la Chrétienté après le pape – avant lui, en prétendent certains.

Et derrière nous, dans un cercueil de bois blanc, la dépouille d'« un homme si grand et si fameux » : l'homme qui fut ma vie et mon destin.

Et les paroles que nous échangeons témoignent d'une réalité où, face au sort de l'Église ou à l'avenir de la Chrétienté, l'amour d'un homme et d'une femme pèse aussi son poids d'étoiles.

« Je vous ramène comme je vous l'avais promis l'homme qui vous appartient. »

Nos noces, lugubres et ratées, prémices de la catastrophe, deux décennies plus tôt, peuvent s'accomplir. De la bouche de Pierre le Vénérable, j'accepte la bénédiction de notre union. Elle atteint le lieu exact où nous nous tenions : le lieu de lumière et de dignité que je reconnais pour nôtre.

Il nous unit.

Sans liturgie, sans cérémonial.

Il te confie à ma vigilance dans ce monde temporel où je m'attarde encore, et me confie à la

tienne dans la dimension intemporelle qui bientôt
sera la mienne aussi.

Un cercle se clôt.

Quelque chose en moi touche à terme et s'ac-
complit.

Lieu de l'étreinte, avait dit le vieux Juif — lieu
où toutes les condamnations sont dépassées et annu-
lées, où il ne reste plus aucune sévérité dans le
monde, où tout se comble et se parfait. Ce qui se
trouvait dehors est tourné au-dedans. Ce qui était
pendu par les pieds est remis debout. L'extérieur
est uni à l'intérieur, le visible à l'invisible. Nos
noces enfin peuvent se célébrer.

Pierre le Vénérable passa la journée au Paraclet
et nous quitta après la prière de none.

Les mots que nous avons échangés ce jour-là me
reviennent parfois par vagues, au moment où je
vais pour m'endormir. Mais j'ai toutes les peines
du monde à m'en saisir pour les reproduire. J'en
soupçonne la raison : leur intensité même. Je crois
qu'en quelques heures nous avons épuisé la quin-
tessence d'une amitié qui dans d'autres circonstances eût pu s'étendre sur une vie entière.

Tout nous rapprochait.

La passion qu'il avait pour sa mère retirée depuis
nombre d'années au monastère de Marcigny avait
ouvert son âme au féminin. Sa sensibilité était

extrême. Je pus lui dire des choses aussi profondes qu'en m'adressant à une femme.

L'ardeur de sa foi n'entravait en rien sa liberté d'esprit. Sa faim de connaître et de comprendre m'a été familière dès le premier instant. Le bonheur que donne l'aperçu d'une nouvelle cosmogonie, le regard jeté d'une tout autre fenêtre sur le même Dieu et la même création, je ne l'avais vu, de toute mon existence, que dans un seul regard, celui d'Abélard : je le retrouvais dans le sien. Devant cet inconnu que révèlent d'autres civilisations et qui n'inspire à nos contemporains que peur, haine et violence, il avait comme lui une curiosité brûlante et du respect. Il m'évoqua ses rencontres en Espagne avec des savants arabes de l'école de Tolède. La traduction du Talmud étant achevée à Cluny, il allait pouvoir mettre en œuvre celle du Coran; trois savants arabes avaient accepté de le suivre en France. Ces nouvelles qu'il m'apportait, il les avait réservées à Abélard dont la dernière œuvre inachevée traitait de la rencontre des religions. Mais il l'avait trouvé mort à son retour; dans l'enclave qu'ils avaient tenue libre ensemble pour l'échange, le dialogue, l'espoir peut-être de convaincre, avait poussé dru toute une forêt d'épées et de gourdins. Ceux qui flattaient l'instinct du temps, l'instinct de meurtre et de carnage avaient beau jeu! Beau jeu, ceux qui misaient, non sur les forces lentes de la transformation, mais sur le rut de la conquête!

Aujourd'hui encore, lorsque je pense à Pierre le Vénérable, la nuit de violence et d'ignorance dans laquelle le monde est plongé m'apparaît moins noire.

Je crois comprendre le rêve que Dieu caressait quand il créa l'homme.

VIGILES

L'HIVER s'est esquivé la queue entre les pattes avec un bruit de branches cassées. Voilà deux semaines qu'il montrait encore ses crocs par nuit de ciel ouvert et givrait le flanc nord des coteaux. Mais c'en est fait de lui : hier Méthilde a risqué les premiers semis. Sur ma table, Blanche a posé une coupelle où flottent, corolles ouvertes, des hépatiques et quelques pulmonaires aux feuilles tavelées de clair.

Je peux à nouveau aller m'asseoir près de l'eau au fond du verger. J'y regarde frissonner le ciel dans un fouillis de racines d'aulnes à moitié immergées. Bientôt je cesse de distinguer le haut et le bas, l'immense et le minuscule; une goutte d'eau en bordure de ma manche reflète à son miroir bombé l'avancée des nuages. Je m'adonne entière à ce qui est. Rien de moi ne dépasse le strict contour de cet instant, ni souhait, ni mémoire, ni désir. Bientôt la plume me sera tombée des mains — et je ne serai plus que ce regard immergé dans ce qui est.

Ce que j'ai écrit tous ces mois m'a délivrée. Je rends ces feuillets à la réalité dont ils participent : les reflets du ciel dans l'eau, le vent dans les ormes.

Vue à distance, cette tâche que s'était fixée une vieille femme d'écrire l'histoire de sa passion — au lieu de se tourner vers les horizons de sa mort — pouvait paraître complaisante; elle s'est avérée juste et révélatrice.

En me penchant une dernière fois sur cette femme blessée, cette jeune sœur que je me suis à moi-même, je l'ai délivrée. Oui, ils sont partout, en nous, autour de nous en rangs serrés, tous ces êtres que nous avons été, que d'autres sont ou ont été et que la détresse courbe au sol. Le monde est lourd, assombri, orageux de leur foule multiple qui crie à sa délivrance. Que de fois dans le silence de notre cloître ai-je perçu ce mugissement déchirant et sourd qui emplit la nuit du monde! Nous croyons les aider par les larmes et la pénitence et n'ajoutons que souffrance à la souffrance.

La libération, c'est cette qualité d'attention et d'amour portée à nous-mêmes, aux autres, aux choses qui l'amène. Rien d'autre et surtout pas la culpabilité et la déploration. Sans bruit, dans le miracle d'un seul regard de tendresse et de compassion, les chaînes cassent, les serrures et les cadenas s'ouvrent.

Quelque chose peut naître.

J'ai déblayé résidus amoncelés, gravats, éboulis.

Les veines de quartz et de métal précieux réaffleu-
rent. Une telle richesse me rencontre! Oui, quelque
chose peut naître dont j'ose prétendre qu'il n'est
pas une bénédiction pour moi seule. Le vieil ordre
moral s'est vidé – il a lâché tout son vent comme
les vesses-de-loup gonflées de poussière sous le pied
du promeneur à l'automne. Un seul péché sur terre
les contient tous : ce qui sépare l'homme de sa
faculté d'adorer.

Esprit, âme, corps, passé, présent, éternité, tout
fond en une qualité unique de présence et de
lumière.

En moi, Abélard, rien de toi ne s'est perdu. Ta
semence est restée vivante. Nuit après nuit, toute
une vie durant se sont allumées tes voies lactées,
les myriades d'étoiles que tes enlacements ont
répandues dans mon ventre. Un cosmos aussi vaste
que celui qui nous entoure.

Obstinée, aveugle à tout le reste, j'ai traversé la
passion. Je comprends aujourd'hui qu'elle s'apparente à la sainteté : comme la sainteté, elle est
l'école du dénuement, le renoncement à tout le
reste. Tout ce qu'il y a de beau, de grand, de
troublant, de lumineux au monde se trouve saisi,
aspiré, bu en un seul point de tout l'espace, rivé,
cloué. Toutes les lignes de force sont jugulées en
un seul lieu. Cette formidable concentration – à
condition toutefois de la maintenir assez longtemps
– est explosive. Dans la déflagration qu'elle pro-

voque, ne reste de tout l'édifice de l'ego pas une pierre sur l'autre. L'âme captive se trouve libérée. Qu'importe à Dieu par quelle voie nous parvenons à lui! Et de quel bois nous alimentons le feu qui nous consume! L'ardeur du désir compte seul.

J'ai eu un rêve cette nuit.

J'errais dans une ville à la recherche de ma maison. Je reconnaissais bien ma rue, les maisons environnantes, mais impossible de déceler l'entrée. J'ai repassé dix fois sans la trouver. Et quel soulagement, pour finir, d'en découvrir l'interstice, la fente entre deux murs!

Ainsi m'a-t-il fallu, pour rentrer enfin à la maison, trouver dans le familier, la faille où pénétrer. Elle est là, plus proche que je ne l'avais soupçonné, dans le gras même du vécu. La plus haute espérance est au cœur du plus proche et du plus familier. Là où je passe et repasse indéfiniment sans la voir! Ta présence, Dieu, ta présence à mon être, ta déchirante, exultante présence est au plus aigu de mon désir, au cœur de ma passion. Abélard et toi ne font qu'un! Je ne l'ai pas joué contre toi! Je ne te l'ai pas préféré! J'ai frappé en vain à mille portes! En vain j'ai tout tenté pour me délivrer de la souffrance d'être séparée, en vain j'ai tourné mes regards vers les quatre horizons! D'où me viendra le salut? Du milieu même de l'amour, tu me regardes — et voilà que je ris aux éclats, oui! Le monde n'est que ton jeu de masques! Sous toutes les apparences, le même visage, sous tous les visages, le même sang, sous toutes les écorces, le même aubier!

Présent dans chaque être, différent en chacun de nous, unique dans l'infini multiplié, partout inco-gnito, passager clandestin de nos entrailles, ton corps est composé de tous nos corps. Ce que je croyais séparé vibrait en toi depuis toujours! Aucune tentative de fuite qui ne nous ait ramenés en toi! Traverser l'épaisseur des choses au plus dru, au plus dense est encore le plus sûr chemin. Pour sortir de ma prison et Te rejoindre, il n'y avait que les murs à traverser!

Le Paraclet, 23 mars de l'an 1162.

Table

La reproduction photomécanique de cet ouvrage
a été réalisée par l'Imprimerie Bussière,
l'impression et le brochage ont été effectués
sur presse Cameron dans les ateliers
de Bussière Camedan Imprimeries
à Saint-Amand-Montrond (Cher),
pour le compte des Éditions Albin Michel.

Achevé d'imprimer en juin 2001.
N° d'édition : 20037. N° d'impression : 013067/1.
Dépôt légal : juin 2000.